愛，是我們共同的語言

第一屆台灣房屋親情文學獎作品合集

編者—聯經編輯部

序
讓更多美麗的家庭故事被看見

台灣房屋總裁　彭培業

當《聯合報》提出合辦「親情文學獎」的建議時，我感到溫馨又有趣。這個文學獎，以親情為主題，相較於各種文學獎項，這是一個獨特的獎，但又讓人感到無比親切。親情可以很寬廣，父母與子女，夫妻、兄弟姊妹，祖孫，甚至婆媳、姑嫂、妯娌、叔姪……種種親屬之間的情感，藉由這個獎，讓大家回想曾經在家庭裡，無論是廣義的大家庭，或是核心的小家庭中感受到的溫暖與陪伴。以六百到八百字，說一個親情的故事，要求的字數不長，人人都能參與。

選出的優勝作品中：

首獎白永楠的〈五十公尺的散步〉，以看似平淡卻充滿綵衣娛親的幽默口吻，記述他和老母親開啓一天的散步儀式；二獎陳涵君的〈我和她的航行〉，寫下不愛運動的女兒在求學期間始終對課後體能班和參與的羽球隊感到痛苦，在成年後的一趟車程中終於吐露，其實她的忍耐只是為了讓患有小兒痲痺、無法自如行動的母親感到開心；三獎陳鈺雯的〈父親的裝潢人生〉，描述騎著老野狼機車來往於無數房舍的父親，為他人打造夢想中的家的同時，亦為家人扛起了日常溫飽……

而在十名佳作藍嘉俊〈報紙隧道〉、鄧九雲〈不跟外婆說話〉、劉頌恩〈你不說話的時候〉、柯方渝〈念唸〉、蔡希妍〈希望誰當你媽？〉、呂婉君〈瑪丹娜與熊〉、許婉姿〈大海〉、張欣芸〈老宅裡的臉書〉、蔡威君〈城堡〉、梁評貴〈苦茶油〉等人的書寫，也令我們看見親情裡時而幽微苦澀、時而明亮甜美的動人片段。

非常感謝朱國珍、李欣倫、林蔚昀、胡川安、夏夏、吳鈞堯（按筆畫順序）六位初複審委員在極短的時間內審閱大量稿件，以及方梓、蔡逸君、蔡詩萍、廖玉蕙、鍾文音（按筆畫順序）五位決審委員為我們選出如此動人的作品。也感謝聯副與聯經出版公司，把這些感人的文章整理出版，本書也特別收錄十篇決審委員特別推薦的入圍作品，每一份美麗的家庭故事，不僅書寫下來，更要傳播出去。

真正能讓一個房子溫暖、明亮起來的，不是建材、不是高級的照明設備，而是住在屋子裡的「家人」，相互的照顧，關懷，愛。我們很高興共同發起了這個徵獎活動！

目次

評審推薦入圍作

附錄

首獎

五十公尺的散步

白永楠

圖／陳佳蕙

得主簡介

以前我常教年輕人「怎麼自我介紹」。

怎麼介紹自己的幾個特色：學業、工作、興趣、專長……或者家庭。

可是今天，我突然覺得自我介紹很難。

年輕時，豪情壯志，希望把自己推銷到所有的人的面前，希望每個人都知道自己，都認識自己。

但是現在，我不覺得……我有什麼值得介紹的？

我就是一個即將退休的「中小企業的負責人」，上有九十歲的媽媽，下有四個孫子，每天只想平安過日的，一個再普通不過的老人罷了。

每早我會陪媽媽散步三十分鐘，然後陪她看電視，講解給她聽。

今天電視報導企鵝、海鷗，還有鯨魚。

「小時候天空比較大喔！」

媽媽看著電視，想起過去鄉下的生活，風箏飛得好高。

她小時候，趕鴨總趕不到一塊，反而像追鴨。外公用長竿遠遠敲她。

記憶猶新，不是怨，也不是恨，是幸福的回憶。

日據時代，警察會搜查家裡，沒收私藏的米。外婆總帶媽媽一起外出、藏米，還曾被警察罰跪。

當溫飽是奢望時，溫飽就是幸福。

我們散步的範圍其實很小，但九十歲的她，出門依舊慎重梳妝，穿著也很整齊。

鄰居稱讚媽媽好命，兒子每天帶她散步。媽媽很受用。

其實我最划算，只是散步，就博得好名聲。

鄰居閒聊，就怕話題繞著「年齡、看護」之類。

「那個誰，現在都要看護推出來……」

「供吃、住，每月要花三萬……」

我怕媽媽情緒低落：

「妳身體顧好，一個月等於賺三萬呢！」

「我陪妳散步，妳給我……五千就好。」

媽媽笑：「一毛也沒有。」

散步經過我的車位。我的車因為車禍，報廢了。

媽媽問：「新車多少錢？」

「媽媽要贊助嗎？」

「我沒錢呀，若有當然可以。」

「把妳賣掉就有了。」

「我這麼老，賣不了錢……」

「當然賣得了錢。很多人都沒有媽媽了，很搶市呢！可是……我捨不得賣！」

媽媽捶了我一下。

散步到已填平的農地，是祖上留下來的。我們家後來沒人務農，地就一直空著，附近人家把它當停車場，停得滿滿。

她驚嘆：

「怎麼那麼多車？」

「就當都是我們家的車好了。」

「好啊。」

「只是我們開不了那麼多部。」

我們相視而笑。

路過親家的房子。

兩老都過世了，小一輩的約定每週回來聚聚。然而，時間一久，也就少了。

「母親在，兄弟姊妹是兄弟姊妹。母親不在，兄弟姊妹就只是親戚。」

我對媽媽說：「媽媽在哪，家就在哪。」

媽媽緊握我手，她知道。

媽媽說昨夜作夢，夢到一首歌。

「唱給我聽。」

「日本歌呢！你會聽日語嗎？」

「聽不懂歌詞，我可以聽曲子呀。」
媽媽果真唱起來。
是〈月光小夜曲〉。
我也跟著哼。
一早，母子散步、合唱，開啓一天的生活。

評審意見——

看多了引人心惻的憂傷親情，特別嚮往平實卻幽默、趣味的互動。作者從母子的家常現況起筆，再簡筆刻畫母親充滿懷念的童年時光；然後，緩筆直道當前。風箏飛得好高的昔時，趕鴨、追鴨、長竿遠敲、搜查、藏米、罰跪的情節魚貫出場，節奏快速，卻卡通似的好逗趣。如今五十公尺的散步路程，悠悠的母子對話依然趣味橫生，盈溢著綵衣娛親的溫柔，只是速度變得輕緩、悠長，耐人尋味。文中母子一問一答的家常對話，精彩至極。有子如此，讓人豔羨啊！——廖玉蕙

得獎感言：

知道得獎的那一刻，高興得差點從椅子上跌下來。興奮的心情直到「知道還得寫一篇得獎感言」時，涼了半截。這眞是難啊。

我寫媽媽，一點也不刻意，毫不矯揉造作，完全是渾然天成，沒有目的的。

我甚至連「寫文章」的念頭都沒有，就寫了。

可是現在要寫得獎感言，這是有框框的。不像我寫媽媽，那樣海闊天空。

我很高興每天能這樣陪媽媽散散步，聊聊天。媽媽也很期待。

我要趕快把得獎這件事忘掉，回到我原本平靜的生活。

謝謝主辦單位，謝謝評審老師，謝謝大家。

二獎

我和她的航行

陳涵君

圖／陳完玲

得主簡介

1993 年生，台大國企系畢，荷蘭 Minerva Academy 設計系肄業。喜歡食物，喜歡去咖啡廳，手搖飲料成癮者。

母親是害怕速度的那一類駕駛。國中放學她來接我去補習班，讓我在車內吃三明治當晚餐，我坐在副駕總是頭暈。多年以後我才發現她開車獨有的習慣，交互踩油門和煞車，甫加速又稍微減速，於是汽車以規律如呼吸的節奏，快——慢——快——地前進。我笑她像在開船，難怪我暈車。

我對開車的焦慮或許傳承自母親。我緊繃，就像等車的時候站得離月台太近，又或是手握利刃切菜。可是我喜歡車的自由，我要這座複雜機械成為我肢體的延伸，要它帶我去許多地方，我雙腳到不了的地方。

我第一個到不了的地方是球場。成年後我告訴母親，那些週二傍晚逐漸暗下的操場，油漆斑駁的小學球場，指尖全是塵土晦澀的氣味。在一個哨音之後痛苦地等著下一個哨音，兩小時的課像兩年，我總是一再望去長椅上，保母帶來麵包和牛奶，那便宣告著酷刑的結束。

你也不該一直受困在過去啊——我一再重複故事，她終於窮盡了同情，我則被這話氣得落淚。

也不是那樣，過了良久她說，我不是要你體育多好，就只是，我以前從來不曾參與……

母親的世界總是微微向右傾斜。小兒麻痺使她從小不能跑跳，她的同學伴著她走向國小操場，然後離開她，投入田徑和躲避球，她在樹下看。

母親不明白擁有健康四肢的孩子怎能不愛運動，我不喜歡球場，儘管我花了這麼多時間去嘗試喜歡。大一我跟著羽球隊下鄉訓練，如今只記得老是打不出去的長球，和球館宿舍悶熱的通鋪。自己和他人都想不透，厭惡羽球的我為何堅持留在隊上，就如同小學的我從母親安排的課後體能班哭著臉回家，母親問我還要繼續參加嗎？我說再試試看，既然那麼苦，為什麼不跟我說——

——可能只是想讓你開心，我終於說，她愕然，轉過頭拭了眼角。

我坐在母親右邊，她小心翼翼地用她有力的那隻腳，交互踩著，快、慢……我將臉頰靠在安全帶上，皮革的氣味使得後腦微微緊繃，她說到補習班還有十分鐘。於是我閉上眼睛，安然沉入眩暈的海洋，感到汽車如船行過整片連綴的鐵皮與車燈，穩穩翻過一個又一個浪頭。那我睡一下，我說。

評審意見——

用航行的意象描摹了與母親的車程，描述罹患小兒麻痺的母親如何航向這艱難的世界，而可以奔跑的女兒，卻是不愛運動，不愛操場，作者將這段操場寫得極好：指尖全是塵土晦澀的氣味。是一篇通過現實卻又能將現實昇華到文學意象與動員文字動靜之間節奏安然的作品。

人生如航行的顛簸顛躓，透過兩代女身的對比與記憶爬梳，將差異的視角，母親對女兒的期許埋藏織縫其中，哀而不傷地漫漶紙頁。——鍾文音

得獎感言：

很久沒有讓自己寫的東西進入公眾的場合了，不，其實是，根本很少能夠認真的寫，更遑論讓文字跑出溫暖的朋友圈在外面遊蕩。閉門造車那麼久，忽然收到得獎消息當然有點惶恐有點彆扭。可是還是很高興的，我拿著那封短短的email跑到客廳告訴我媽，那個截稿前一直耳提面命投稿辦法、催我寫作的人，還有弟弟爸爸和我們的貓咪，能讓身邊的人一起高興實在是太好了。

三獎

父親的裝潢人生

陳鈺雯（筆名：羽文）

圖／想樂

得主簡介

台北出生成長的第一代，語文教育工作者。喜歡觀察周遭環境與人際互動方式，用柔軟的文字貼附生活，為成長塑像，讓心事來撫觸，使思想來會晤。

我的父親從事裝潢工程超過四十年，從國中畢業後就北上練功，徒手練出名片的轉介速度，白手屯墾自己的居所。肥短的指頭飛快按著計算機，估價單的成本與利潤在複印紙上疊加，一層一層堆疊成我與妹妹念書的資本。支票隨著時間兌現，鈔票一張張填入補習的學費袋，兌換下一代流動的想望。

父親更新居家的魔幻手法已然純熟，常讓驗收的人們嘖嘖稱奇，裝修前後的對照見證功力的高超。還記得電工移除冷氣後留下牆面大洞與沿線拆解讓隔間慘不忍睹，但被他用僅僅一日的工時粉飾為如常的平坦，一樣的色澤無違和的銜接，使人忘卻前身的破敗。看著房仲撫摸牆面時的驚訝，父親嘴角微微上揚流露自信，這是手藝人的滿足。

父親的老野狼風塵僕僕在雙北穿梭，熟門熟路不輸給計程車司機，小巷與捷徑，單向或雙向都在父親的腦中導航，外送客戶對家的美好想像。設計師建構新居的輪廓，工班負責落實，美輪美奐裡的厚實色澤、令人讚賞的壁面都曾漫噴揮發溶劑的毒虐，然而窒息已被習慣，被父親吐納為人生的必須，默默調和成謀生的本領。桶裝的塗料在他的攪拌下湧動為財富，拿出樣卡核對這些色澤是否如起初北上一般鮮明，每一刷退隱在都市的居家背景中，記錄夢的起始或者消退，人情的聚散故事由此展演。

空蕩的殼有父親的起手，賦予最初的光彩，百合白、玫瑰白是客戶常要求的基調，柔和是人們對居家的靜謐嚮往。然而，塗料是沉重的，加侖桶在自家堆疊成山，每一車的上下貨都是重力訓練，父親口鼻眼的黏膜也因為長年刺激而略略糜爛，紅紅腫腫的地方有接續的分泌物，多痰的肺有不敢照見的隱憂，他用自己的沉重兌換下一代起飛的輕盈，百合的白如羽翅。

人情的流動與固著在工地與成屋的時態裡，父親持續在家庭與工作間探路，老的野狼在城市裡謀生奔馳。他在塗抹間彌合現實與夢想的縫隙，用四十年的光陰填補貧困的缺憾，看不出的平坦都是巧法的細緻。壁面的玫瑰白彷若春天新生的盼望，父親走過窮苦的晦暗，在此安居自適。

評審意見——

從事裝潢工作超過四十年的父親，裝潢別人的家，也同時裝潢自己的一生，不卑不亢的形象非常動人。騎著老野狼機車，那打拚和堅毅的意象綿密緊扣著一家人的生活溫飽，每個段落都精采有力，每個環節的描繪都仔細而眞誠，構築成一幅美麗的親情圖像。——蔡逸君

得獎感言：

首先，謝謝好友轉發此則徵文訊息，使我得到動力來整理親情感受，在截止日前形塑這篇作品。其次，近距離觀察父親的點滴，使我憶起不少童年片段，進而透過這些意象來串連情感，體會到爸爸在台北生根著實不易，眞的是一枝草一點露的耕耘；也感念媽媽鼓勵我們從小閱讀與書寫，使我有基礎可自我表述。最後，謝謝《聯合報》副刊與台灣房屋舉辦這場徵文，獲獎是個很大的肯定，日子還在前進，繼續以文字爲生活來塑像。

佳作

報紙隧道

藍嘉俊（筆名：游擊手）

圖／PPAN

得主簡介

筆名游擊手，舊莊國小畢業，不合時宜的五年後段班生。曾從事都市規畫與出版工作，現為低調的非典公務員。喜歡走路，並以之記錄台北，詳「走路」臉書專頁或「內在台北」blog。

有時候背包裡會塞著一張想要重看，或細看的報紙。在網路時代，這樣的動作似乎顯得多餘。卻是我源自父親的習慣，那是我爺倆的密碼。父親退休後，生活重心就是報紙了。在家裡，他有一張專屬的小板凳，方便就著日頭光線的變化，移動閱讀位置。外出時，他會把報紙折好幾折，塞在後褲袋裡，等上了公車繼續看。就算只是在附近散步，走著走著，總還是會在固定的長椅坐下，悠哉悠哉的從屁股後面抽出報紙來。

報紙是父親晚年最信任依賴的資訊窗口。何況後來患了重聽，收音機聽不清楚了，電視的字幕跑得太急，報紙這個一輩子老友，就更是他的救贖了。想來也是，比起電視和收音機，報紙的接收速度完全順著自己，最是友善貼心。

對父親來說，看報既神聖，又像呼吸一般自然。有時候，他會因過分專心而一字一字的唸出聲音來，如同小學生。看報的角落靠近陽台，配上一杯茶、一個超大放大鏡。如果說有什麼背影是曝光後永恆的存在，大約就是這個了。

以前我當兵時，一度做著文藝青年的大夢，因此會請父親幫忙把每天的副刊抽出來，好讓我放假回來看個夠。這個習慣，到我退伍後他仍持續著。過期報紙分成兩落，以月為單位，一落是藝文版，留著；另一落做資源回收。而無論是哪一落，永遠都是堆疊得整整齊齊，最後再用紅色尼龍繩紮實，猶如一塊塊紙磚。你沒有看過他打包完後，用手掌輕壓撫平的那個收尾，簡直就是在向報紙道謝，並且道別。

我和報紙結緣時，家裡甚至連電視都還沒有。每日迎著朝露，仰頭幫父親從眷村紅木門上方的紅色信箱取報，那味道、觸感，至今不變。

半世紀了，我家仍固執地訂著報紙，在各種尺寸的螢幕主宰著現代人雙眼的當下，彷彿有些逆著時代主流。但讀報是儀式，也是感念。那些紙磚已構築成一條隧道，只要穿過彼端，我就能看到離席的父親，還有他所處的那個一去不返的年代。誠懇、素樸，恬淡，就像他本人一樣。

評審意見——

作者將父親和報紙多年的繾綣，化為具象的閱報、仔細分類綑紮、打包，或抽出留存或送去回收的姿態；而年幼的兒子仰頭爲父親自紅色信箱取報對照父親爲文青兒子留存副刊，是讓人印象深刻的綰合。

在紙媒逐漸式微的如今，看到如此深情對待過往的文章，格外引人動容。已然離席的父親當年敬重與珍惜報紙的舉止，一直鐫刻在腦海；思念像一條隧道，迢迢奔赴那個眼看逐漸遠去的時代，是對父親的傷逝，也是對報紙的眷戀；是悵惘，卻又彷彿同樣註定無法挽回。

——廖玉蕙

得獎感言：

父親離世超過十年了，還是很想念他。他曾跟我說過一則在大陸老家看過的報導。戰爭時，在雲南深山行進的軍隊有天被一龐然大物所阻，派直升機勘察，是條不見頭尾的巨蟒，炸開牠，肚子裡還有台吉普車……這夢幻般的傳奇，如今看來，也越來越像他老人家後來和我在台經歷過的民國時期。老兵如他，就是一個時代的縮影。當最後一個外省老兵從台灣消失，日漸模糊的民國感也將正式退位，變成某種傳奇。就用這篇短文當作小小的時代切片吧。

佳作

不跟外婆說話

鄧九雲（筆名：等拾雨）

圖／黃鼻子

得主簡介

演員、作者。戲劇作品遍布中港台，跨足電影、電視與劇場，近年致力將自己的小說結合戲劇呈現，創造新形式劇場。文字著作 Little Notes 系列：《Dear you, Dear me》《Dear dog, Dear cat》、《我的演員日記》、《用走的去跳舞》、《暫時無法安放的》、《最初看似新奇的東西》、《女兒房》。

外婆的第三隻腳趾跟第四隻一樣長，腳小彎彎的，指甲幾片灰濛濛的，跟她的眼睛一樣。她看我時，我常低頭看著她的腳。於是，她腳的形狀在我的記憶裡比她的五官還清晰。記憶中的她永遠穿著泛黃的透明塑膠拖鞋。每次去探望，外婆不知已在巷口坐了多久。外婆的家很舊，電視小小的，我總坐在籐椅上看五燈獎。她不會跟我說什麼話，就看著我，我就盯著電視。臨走的時候，總得從冰箱裡拖出一包包的水餃鍋貼蒸餃韭菜盒子，要我們帶回去。

我不跟外婆說話，已有很長一段時間。小學三年級的時候，我和鄰居一起養了一隻兔子。有天下午游泳回來，死了。鄰居一口咬定，是因為我外婆給牠喝了水。她還說，妳外婆有一股老人味。

從那時開始，我對外婆總垮著一張臉。一起坐車時，我不喜歡她的身體碰到我。只要有她在，我就會把車窗捲開一點。媽媽弄蒸餃給我吃的時候，我會抱怨。寧願餓肚子，也要堅持某種自以為一貫的態度。這樣的情況蔓延過童年，穿越青春期，成了一種畸形的相處模式。到外婆家，我的臉依然硬邦邦，話無法多講，唯一改變的是，明白外婆的蒸餃連鼎泰豐都不及，所以會幫忙一起收冰櫃。

外婆沒有真正被當成一個「女人」，所有漂亮的東西她都沾不上邊，慾望與需求似乎都與她無關。明白這件事時，我已二十七歲，在美國。那天我和著麵粉做了幾十個鍋貼，像跑完一場馬拉松一樣癱坐在沙發上。望著流理台上歪七扭八的鍋貼，突然心頭一酸，淚水全滾了出來。原來七十幾歲的外婆將最美麗的自己全揉進了那一坨坨麵糰裡。外婆已經走了很多年，我並沒有常常想起她。只記得那天是半夜，媽媽沒有叫醒我自己去了醫院。後來她說，全世界好像只剩自己了。

很多年後我才懂那句話的心情——媽媽再也不是任何人的女兒了。從自己學會包鍋貼那天起，我才開始想念外婆，明白永遠錯過當外孫女的機會了。我常常寫她，像把以前說的話慢慢提領出來。每次寫完都覺得是最後一次的懺悔。而每次，都還不是最後一次。

評審意見——

書寫失去才覺醒的心情，在不能當孫女，才了悟外婆在世的種種好，故事簡單卻深刻。作者敘述童年因養兔事件開始不和外婆說話，和外婆相處時始終冷著臉，直至二十七歲在美國自己做鍋貼，才想念過世多年外婆。

「外婆」在作者的眼裡非常不起眼，沒有面貌，只是灰濛濛的指甲、一雙泛黃的塑膠鞋、一股老人味，還有外婆的蒸餃連鼎泰豐都不及。當食物成爲鄉愁，複製的過程，一遍又一遍把想對外婆說的話提領出來，也終於明白與美沾不上邊的外婆，將自己的美麗揉進麵糰。作者以簡短的敘述，不說話迴轉成一次又一次的書寫，文淡而情深。

——方梓

得獎感言：

我一直都在書寫親情，不同的時間點、不同的心情、寫一樣的人。每寫一次，我就能在仔細想她一遍。偶然間看到這次台灣房屋的徵文，投下這輩子第一次參加的徵文比賽，在與我最熟悉的《聯合報》。希望能讓許多也想念長輩的朋友們，有個溫暖的冬日。

佳作

你不說話的時候

劉頌恩

圖／ Dofa

得主簡介

桃園楊梅人。畢業於高雄醫學大學及美國富勒神學院。目前旅居洛杉磯。

那時我剛結束六年多的感情。說結束或許有些片面，我被拋棄了，像時日久了脫線起球的舊毛衣，卻沒有勇氣告訴家人實情。

跟這個男人交往並不是我第一次讓爸爸失望。我從來不是個順從的孩子。走出麥當勞時，他們剛結束氣氛緊繃的對話。當時的男友滿臉鄙夷，「你有聽到你爸講什麼嗎？簡直古板得可笑！」男友是思想前衛的知識分子，年紀又不及爸爸的一半，那個圈子當時總忙著反權威，可不流行什麼傾聽、對話。我沉著臉卻不發一語，走進男友的車，在心裡下了決定：兩人要繼續走下去，終究得跟家裡保持距離。

而這並不難。即使我工作的城市離老家不過一小時火車之遙，我有用不完的藉口不回家：上班很累，假日有講座，跟朋友有約。媽媽偶爾會碎念一下，爸爸則什麼也不會說，只是在我回家時，堅持要開車接送我，即使老家到火車站不過十幾分鐘的路程。

我和爸爸向來沒什麼可以說，連幾分鐘的車程都顯得漫長。「謝啦。」每次到站，我總是俐落地甩門，甩開車上的沉默。

關於交往最後那段時光，一些人會定義為劈腿，對他們來說則是持開放關係，就是在程序上有些瑕疵：忘了過問我。

我按下通話鍵，電話那頭傳來媽媽的聲音。

「他不想跟我結婚，我們分手了。」我沒辦法交代更多，也沒力氣聽什麼勸告。我料想家人會覺得開心。他們從不喜歡我和他在一起。

再次和媽媽通話已是幾天後。

「爸爸有說什麼嗎？是不是覺得早該分的？」要不是我自我解嘲地問起，就不會知道爸爸把自己關在房間裡兩天，不願和任何人說話，連燈也不開了。

「爸爸想像你一定很難過，就也覺得很難過。」這一次，換電話這頭的我使勁不讓自己發出聲音。

幾年後我離開家，到很遠的地方生活。

爸爸的腰越來越差，無法久站，每次來送機要找張椅子坐下。而我也會陪他坐著。我們還是兩個安靜的人，但幾年過去，那沉默卻變得黏人。

「要入關了吧？」

「還來得及。我再多坐一會兒。」

那些我也沒有說的，真希望爸爸也聽得懂。

評審意見——

這是我心目中，排名很前面的文章。溫柔，含蓄，把常見的父女間的不知如何表達的愛意，卻又在「自以爲了解」的預設下，突然轉折的感動，抓得很穩。

而且，並不煽情。最終，父女依舊是話不多的沉默相處，但，愛，已經超越了言語。

在一起，淡淡的感受彼此的關心。這篇文章做到了抒情散文的淡與雅。

——蔡詩萍

得獎感言：

接獲得獎通知後，將文章傳給爸爸，已讀不回。擔心自己寫得有些私密，爸爸看了悄悄傷心，隔天早上忍不住撥電話過去。

我：好不好看？

爸爸：我也不懂耶，妳平常不都在寫這種東西嗎，爲什麼這篇會得獎平常的不會？而且這種言之無物的東西算文學喔？文學不是要語不驚人死不休嗎？阿乖這方面也不太像我，他聽故事就很會記成語，四肢朝天東倒西歪的（然後幾分鐘接連不停地講他的金孫）。

我的家庭眞可愛。最愛劉爸爸。

謝謝評審與主辦單位！

佳作

急喚

柯方渝

圖／蛋妹

得主簡介

台北市立石牌國中國文教師。一名喜歡沉浸在文字海中的海子。感受思緒在沉沉浮浮間的翻騰踴躍能帶給我莫大的愉悅，但願我的書寫也能為正在閱讀的你帶來一絲一毫的感動。

「一、二、三、四……叮！五樓到了。」

每當電梯樓層的報數聲響起，逐夢的跫音也隨即一步步在我們記憶的夢田裡踏響。

每天回家，都能聽到一聲乾淨俐落的「叮」響，像是闖關電玩裡，達標的勝利證明。數十年來，我們母女三人在歲月的踩踏中，上上下下，下下上上，走遍生活的脆弱與堅强。

以前，總羨慕家裡有電梯的同學，可以輕鬆優雅地「一鍵到家」，不像我和老姊總要爬著百轉千迴的階梯，才能狼狽地回到小窩。然而，層層的階梯旋繞著我們許多的回憶。

小時候，我和姊姊最怕聽到奪命三聲鈴，那表示媽媽正提著去市場血拚的戰利品等著「挑夫」下去接貨，我和姊姊會讓沉甸甸的包裹順著扶手上樓，總覺得生命會找到自己的出口，不優渥的物質生活，反而激起了我們生活裡更多的想像，在汗水與淚水的澆灌中，也滋長了更多的情感。

記憶中，母親有時會在深夜要我們扛著別人家淘汰的各式家具，費力地從一樓搬到五樓。當我們上氣不接下氣地想要放棄時，母親總會喘道：「家裡……果然……還是需要有……男……的！」每每聽見，我便逞強地拽起重物，大聲嚷著：「男生有什麼了不起，女生也可以！」話語還沒落下，我的腳步又硬是往上邁進了一層階梯。我聽見自己吁吁的喘氣，和每一聲沉重卻堅定的步伐。

「一、二、一、二」，我感受到物品的重量，和倔強的意志在筋肉的弛張間拔河，手中的家具早已在肌膚上壓出深紅的印痕，那是女人國的勳章，在我們母女三人的腕上，熠熠閃耀。

如今，回憶像長長的階梯，一階階地迴旋滋長，至今彷彿仍能聽見彼此喘息中的笑聲，在記憶裡咯咯作響，而這些清亮的笑聲在我往後人生的低潮裡，成了最溫馨的陪伴。

「一……二……」母親曾經牽著我們的小手一階階伴我們數數而上，如今，我們一起乘坐夢想的結晶，穩健地回到避風的港灣。一樓到五樓的距離隨著電梯的升降，天涯成了咫尺。回家的路變快了，路上的回憶卻像是少了些什麼。

我開始想念：我們一起拾級而上的每一聲「響唸」。

「一、二、三、嘿喲……四……五！」

評審意見——

女力強大的證明，情節極爲簡短，只有兩個上下樓梯的場景，卻勾勒出母女三人「挑夫」的歲月。

從現今搭電梯輕而易舉到五樓，回想童年住在一樣是五樓卻得爬樓梯的家，不但經常要幫母親從市場買回的物品提上五樓，母親有時在深夜要作者姊妹合力扛著別人淘汰的家具，從一樓爬到五樓，甚至在她們爬不動想放棄時，母親的「家裡果然需要男的」，激發她們「女生也可以」，而家具重量壓出的印痕便成了「女人國的勳章」。

回家速度變快，「路途」的回憶變少了，於是有了「響唸」以前扛家具的「一、二、三、嘿喲……四……五！」

以聲音作爲文章結束，吊出「念唸」的餘韻。——方梓

得獎感言：

謝謝評審給我的肯定，讓我在不斷自我質疑的寫作路上，增添了繼續向前的勇氣。感謝一路支持我寫作的林連鍠大師，以及始終給我力量的頭號粉絲——阿軒，謝謝你們不斷地告訴我「我可以」。還有我偉大的母親，謝謝您給我滿滿的愛，這些愛，一點一滴成爲我生命書寫裡最閃耀的光芒。

佳作

希望誰當你媽？

蔡希妍（筆名：舞則飛）

圖／無疑亭

得主簡介

2008 年，兒子經醫院評估為發展遲緩。
2010 年，離婚、淨出。
2013 年，攝影作品通過國美館藝術銀行收購。
2014 年，兒子確診為亞斯伯格症、同年接回撫養監護。
2017 年，經醫院確診罹癌。
2019 年，第 13 屆 myfone 行創獎：微電影首獎。

小時候我經常幻想：「要是×××同學的媽媽是我阿母該多好……」然後開啓腦中小劇場，上演某人的媽媽變成阿母，很溫馨的畫面一幕幕上演。但我從來沒敢跟阿母說過這種話。

就讀高一的兒子是亞斯伯格症者，任何時候他都勇於表達想法，課堂分組時，同學很喜歡跟他一組，因為他會為該組帶來很多積分，但下課後同學就離他遠遠的，他的社交對話總能讓人爆氣。

我常年跟兒子處於言語廝殺的戰場，逐漸地能從彼此對話中帶來新省思，他總是不斷打破我過去對普世價值的定義。

星期三下午四點，是兒子固定回醫院的行為治療時間。五點整他推開諮商室的門走了出來，「哎……我跟妳相處，還能活到現在真是奇蹟啊！」他停在我身旁，拋出這樣一句話，瞬間我感覺被好幾把飛刀射中！母子這麼多年的交手了，我早練就了深厚的內功，若無其事的問他為何這樣說？

「連陳醫師都有玩過三國志了，妳居然連三國志是什麼都不知道……」他臉上充滿了輕蔑。

前陣子我玩宮鬥手遊，一開始是想知道手遊為何令人沉迷、也想跟兒子拉近距離；在我沒空時，拜託兒子幫我採收花圃的菜，他也很樂意幫忙，感覺親子關係拉近了一些；但半個月下來，察覺到自己的心思完全牽掛在手遊裡，終於在某一天晚上，忍痛刪了遊戲，從手遊世界裡匍匐而出……

為了改善跟兒子的關係，我把時間浪費在原本不喜歡的事物上，美其名是為兒子犧牲，但他最討厭「我總是為他好」的説法，他説：「這是最噁心的髒話！」

「哦？所以不會玩手遊就不能當你媽？那陳醫師當你媽好不好？」我反問他。

兒子不假思索回答：「不要！」顯然冷靜又會玩三國志的陳醫師並非他夢想中的媽媽。

「那你希望誰當你媽啊？」他心目中的媽媽究竟應該是怎樣子？

「妳啊～」然後他呵呵笑了起來。

然後我也笑了，縱身跳起勾住他高我一個頭的脖子，兒子慣性的伸出右手、張開五指，朝我身上抓來，發出「喵」的聲音，每當他開心時，就是一隻貓。

我也理解到一件事，不管阿母有多討人厭，其實我也只要我阿母「做我的媽媽」而已。

評審意見——

或許每個人小時候都曾暗自在心裡想過：要是那個某某某是我爸爸有多好，要是這個誰誰誰當我媽媽一定很棒。帶著羨慕眼光看別人家的美好親情，但眞的是這樣嗎？本篇描寫母親與亞斯兒的親子互動，以笑聲取代衝突和悲情，簡簡單單的幾個對話，直球對決，把表面看似不和諧的親情關係，連結到深層親子的依賴與本能的需求。「不管阿母有多討人厭」，最終體認到自己的媽媽才是那個唯一。——蔡逸君

得獎感言：

我很幸運找到人生的志業——爲身心障礙者發聲。

我從爲兒子拍攝照片開始記錄、輔以文字說明，PO文上傳臉書，想把孩子的、我的……生活、困境如實揭開敘述。

接著發現有照片、文字難以駕馭的時候，我就以影片記錄。以身心障礙爲主題所拍攝的照片、微電影先後都拿過獎，這次能拿到文學獎的佳作，算是湊齊了願望。

技術只能養成工匠、願力才能成就藝術。

佳作

瑪丹娜和熊

呂婉君（筆名：袁希）

圖／Tai Pera

得主簡介

愛漂亮、愛跳舞，以編劇為業、賣夢維生，還在認識自己。
時常與故事為伍，卻不算會寫字，也不太會說話，還好永遠能抱持著熱烈、好奇的心闖蕩生活，勇於嘗試並且不怕受傷。
相信人生和寫作一樣，需要日復一日的練習。

重考那年我恨透了這個家，計畫著要離家出走，沒想到卻被我媽搶先一步。我去追求夢想了，你們自己照顧自己。

我媽突然人間蒸發，只留下一張字條替她發聲。那瞬間，我和弟弟、爸爸都被錯愕凍結了。我們像三尊被擺在客廳的半身石膏像一樣，一動也不動，只是不解地互望。

媽媽不在，誰替我洗運動服？弟弟慌張大叫，先活了過來。我馬上喝斥這位媽寶閉嘴，弟弟則生氣地罵我臭嘴賤人。我倆快打起來，直到爸爸開口命令我們不要吵。

爸爸，這個我們暗地裡叫他「沉睡八郎」的男人，在這個家除了付錢和吃飯，就是睡覺，這下竟然被媽媽的出走給嚇醒過來。

誰想得到前一天她還是個煩人的家庭主婦，隔天竟會像發現籠子沒關的鳥兒遠走高飛！

爸爸開始打電話問媽媽的朋友。「媽媽有朋友喔？」這是弟弟的疑問。其實媽媽的姊妹淘時常在午後來訪。

那群女人全員到齊時一共有七個，她們自稱「七仙女」。這群仙女大概是因為嗓門和屁股太大才被貶下凡的，她們把家裡吃得到處都是零食碎屑，不時沒形象的大笑，能比孟姜女先一步笑倒長城。

這麼吵我怎麼專心讀書？我憤怒大吼，用洪荒之力甩上門，想把我媽從我的人生甩飛。然而看著鏡子，我明白這樣只是徒勞，因為我媽把她自己生在我裡面了。

我媽胖得像一隻熊，穿著很土，飯後還會大聲打飽嗝。我害怕她出現在學校，但是班親會她總第一個到，天色烏陰的放學時分，她也會提早來替我送傘。我過分地對她擺臭臉、揮手要她走，遲鈍的她過了許久才發現：「妹妹，妳是不是怕媽媽丟妳的臉？」

這樣媽媽懂得有夢想嗎？像是要回答我的疑問，仙女們傳來一些舊照片，裡頭的辣妹梳半屏山、穿迷你裙喇叭褲，她天天混冰宮和迪斯可，她和瑪丹娜同一年出生，夢想成為大明星。後來，辣妹成了我媽，生活慢慢把她折磨成一隻熊。

我媽在家裡天翻地覆之前回來了，臉上還有濃妝。她看看因為自責而哭過的我們三人，「家裡怎麼這麼亂？晚上想吃什麼？」她問。

熊是穴居動物，她真正的夢想就在山洞裡，她沒有走遠，我們是她的蜂蜜。

評審意見——

家家有本難念的經。端看你怎麼去看而已。

透過孩子對家庭氣氛的不滿，想要離家出走，卻沒想到，是一向樂觀，發胖的母親，搶先離家了！

這意外，讓爸爸驚慌，弟弟生活失序，讓敘述者重新爬梳媽媽的年輕，與一路走來的默默角色。

原來，做母親的，也有像瑪丹娜一樣，誇張的年輕時代啊～

從辣妹到家中一隻熊，多少付出，多少關愛。

文章帶有幽默感。難得兼具溫馨與會心一笑的好文章。——蔡詩萍

得獎感言：

這個獎獻給我那像熊一樣的胖媽媽。

雖然生活是粗礪的，日子與優雅幾乎絕緣。但她強大的愛和柔軟的心，讓我們一家人能有蜂蜜般的甜美生活。

平日總難以直接說出：「對不起、謝謝妳、我愛妳」，謝謝主辦單位，讓我有機會用一紙情長，向媽媽表白心跡。

感謝身邊不離不棄的人，那樣不分青紅皂白地支持我的寫作，讓我有勇氣繼續下去。

大海

佳作

許婉姿

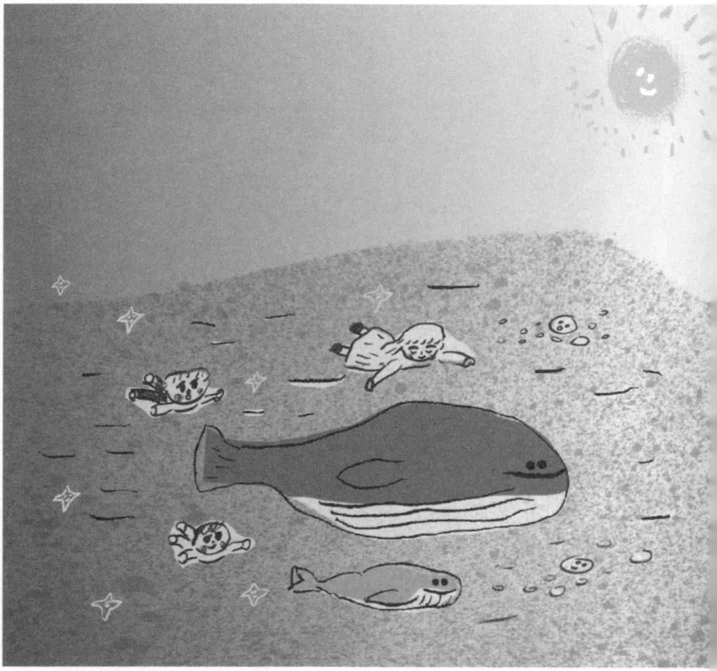

圖／紅林

得主簡介

1980 年出生，東吳大學中文所畢業，出版散文集《天台上的月光》。現階段以陪伴二子成長為要，每週於「方格子」寫作並更新專題文章。

這幾年奔忙於職場，就算下班也夾帶文件回去處理到深夜，兩個稚齡兒子經常託給娘家、保母、才藝班；數次，聆聽照顧者轉述孩子的逗趣舉止，竟感覺一切非常遙遠，大約是兩個小小的模糊形象。

去年七月，決意暫離職場，碰巧孩子放暑假，遂懷抱熱忱要經營一段幸福時光。每天早晨，我備好食物，喊：「來吃鬆餅配豆漿。」孩子從臥房走出來，立刻又倒下躺在客廳磁磚地板，都不肯靠近餐桌，因為涼涼觸感就是夏天的反抗。我再把書櫃布置清爽，填入各式童書繪本，閱讀時間孩子依然抱來前天和昨天講過的書，「還要再說很多遍。」口吻堅定。

以為熟悉而享受的母子相處，突然間陌生奇異起來。我懷疑自己是否做錯什麼？以前孩子分別在兩處安親到夜晚七八九點，少有互動，如今成天嬉鬧相處，卻也——動輒搶奪第一個跨進電梯、第一個佔據板凳，或者趁對方不注意就戳他屁股哇哇叫、搔癢他腳底呵呵跳，推倒他悉心排列的汽車模型。也可能是父親下班回家時，兩人一齊衝向門口來個大擁抱時必定會發生擁擠、跌倒、哭泣，否則就是打架後憤怒相逼：「為什麼要生出弟弟這樣的東西！」

一次次情緒高漲的氣氛裡，家裡變成炎夏海洋，我看見一隻鯊魚和一隻海豚游來游去甩尾巴，時而齜牙尖尖做掠食撕咬狀，時而發出高頻率音波以求歡快，當陽光普照，又苦又鹹的微粒就被鎖在發燙空氣中。

屢屢，大兒上一秒崩潰吼叫不要理人，下一秒卻軟膩說媽媽啵一下；小兒摒棄國際安徒生大獎繪本，只要聽媽媽虛構石頭怪吃小孩的故事。母與子在海流衝擊裡相遇、分離，轉眼泡沫；也許我永遠不知道孩子離開視線後的樣貌，唯有思念時刻，親情流動，在千里煙海上彼此餵養，存取回憶的淚珠。

很快就開學了，大兒一早上課去，小兒才在日晒中慢吞吞起床，拖著一條舊棉被繞著臥房兜轉，尋找「哥哥呢？」，沒有人回答。空間中只有偌大迴響是我催促他換衣服進幼兒園，彷若一頭母鯨巡游在朝陽裡，感受潮汐起落，浮游生物之存亡聚散，驚嘆汪洋荒蕪中的一瞬豐沛。

評審意見——

一般親情的描述或想像，很容易局限在人倫和情感的對應互動上做文章，家庭關係就似一張網絡，連結並同時網住親屬。每個爲人父母者，一開始都是生手，他們都是從零開始學習如何進入一段親子關係，邊做邊學邊觀察，本篇「大海」的意象是對親情的新解釋，展現開闊性，未知與自由，這是少見的親情思路。——蔡逸君

得獎感言：

謝謝評審青睞作品，謝謝主辦單位提供一個表達想法的平台。

佳作

老宅裡的臉書

張欣芸

圖／Swawa

得主簡介

出生於南投縣中興新村，以紙本為棲地的食字獸，在文字畸零地裡食字維生。現在從事作文教學與文字創作。所著散文、小說、報導文學曾獲三十餘項縣市地方文學獎。著有《失竊的靈魂》一書，入選南投縣作家作品集。

斜陽走過窗櫺，走過斑駁的牆壁，走過布滿青苔的石階，將瓦片踏成一片赤金。

坐在斑駁的鏽蝕鐵門前，視線停泊在遠方，阿嬤的眼睛是一口幽深的古井，罹患了白內障後，眼前的世界籠罩上一層白霧，所見的景物只剩下矇矓的輪廓。

老宅裡，曾有過新生兒的啼哭聲，孩子們的嬉鬧聲，伴隨著阿嬤吆喝聲，嘈雜的聲音交錯在一起，組成家的旋律。而現在，這些聲音都已漸漸淡出，只剩下空白的寧靜。然而，即使所有聲音都被倒空了，阿嬤依然堅守在老宅裡，反覆熨燙布滿皺褶的記憶片段，重溫往日時光。

孩子們啣著夢想，航向遠方，一個個離開了家園，那是她無法抵達的遙遠，只能守候在電話旁，盼望鈴聲響起，等待聽筒彼端傳來的問候。

記憶如老宅裡的壁癌，一片片剝落。隨著感官漸漸退化，阿嬤的耳朵裡，裝了一台碎紙機，拿起電話筒，來到身邊的隻字片語，都化成破碎的殘片。「你們什麼時候回來？」是她最常問的一句話。拿起紅筆，在日曆上圈出他們返鄉過節的日期，在期待中一頁頁撕去日曆。

生日那天，散居在各地的孫兒們，專程返回老家為祖母祝壽。

坐在鏡子前，姑姑為她梳頭，將日漸稀疏的白髮挽成髮髻，在銀白霜雪上插上纏花，雪地裡便開出了一朵紅花。

孫女們打開衣櫃，樟腦丸的氣味夾雜著霉味，飄散在臥房裡。許久沒有見到陽光的蠹魚，驚慌失措的四處奔逃。

阿嬤將過往的明媚春光鎖在衣櫃深處，那些手工精細的長衫，爬上了蠹蟲，在時光中漸漸褪色。孫女們將沉睡在抽屜中的長衫，清洗後一件件晾晒在庭院裡，換上了阿嬤年輕時的長衫，在院子裡續寫著花樣年華。

「阿嬤，快看鏡頭！」孫女們緊挨著她，摟著她自拍，上傳到臉書。

想起曾經擁有過的摩登年代，笑意爬上眼角，眼角魚尾悠悠擺盪。

「阿嬤！剛才拍的照片我上傳到臉書，有好多人按讚喔！」

阿嬤瞇著眼，望著手機螢幕裡與孫女的合照，不明白什麼是臉書。時光在她的臉上書寫，塵封在書櫃裡，泛黃的扉頁上布滿了灰塵，期待有人抖落一身塵埃，重新翻閱字裡行間，時光浸漬過的墨痕。

評審意見——

這篇小品需要咀嚼，沒有情緒張揚，倒像一個街拍的風景。靜靜的日子裡，老宅的一切也靜靜地老去。老宅就像臉書，日復一日，看似親近實則疏遠，這篇作品最獨特之處是採用一種類似鏡頭跟拍之感，帶著微距離的觀望，保持不逾越的感情，旁觀角度有如隔著一只鏡頭，似遠猶近，似近猶遠，感情低調，淡然靜默，老人老屋老牆，龜裂出活過的痕跡，而一切就像臉書，輕輕滑過我們的日常。——鍾文音

得獎感言：

生活被各種雜事割成細碎的畸零地，我在狹小的畸零地中開闢出一小片空地，以文字的鐵鍬不停挖掘，以時間澆灌。一些生活中的感受、記憶中的浮光耀金，如飄落的枯葉，覆蓋在畸零地上，慢慢化爲腐植土，化爲文字，滋養了我的生活。

家庭書寫是我寫作的起點，我在家庭的變奏曲中，凝視家人的離散、病痛、死亡，也接新生命的到來與成長。聚散離合間，文字成爲一種穢土轉生術，是對過往的悼念，也是揮手道別。

城堡

佳作

蔡威君（筆名：放舲）

圖／錢錢

得主簡介

中原大學特殊教育碩士，高中、大學軍訓教官退休。曾出版圖畫書《畫出心中的彩虹》、《那年夏天，瑪莉不說話》。得過幾個文學獎獎項，包含小說、散文、童話故事類，其中以散文類居多。

資深中年，返鄉，不必理由。

離家三十年，帶著成年女兒回來，一半理由是陪伴獨居的母親，一半理由是卸妝，裸呈殘破失敗，卻包裝成華麗的婚姻。

女兒是慢飛天使，永遠沒有機會獨自飛翔，年邁的外婆不理解她。

「這種孩子，就是痛打一頓啊！打到她怕，自然就乖了。」

母親年輕時對待我們如此，她不信自閉症搗蛋行為矯正不來。

買了人生第一棟房子安頓自己，在老家附近。靠海的小鎮，海風強勁，入秋蕭瑟。早年母親為家事操勞，常為瑣碎事飆罵孩子，父親則個性內斂，凡事包容不為所動，晚餐後獨自在客廳專心研究棋譜，入定就是一個晚上。屋內雖然粗布簡食，卻永遠是熱菜熱飯，一家人相處保有溫度，內心平安，風雨不懼怕。

年邁後的母親怕吵，我的自閉症女兒偏偏常鬧脾氣，新家便扮演了城堡的角色，白天去媽媽家轉轉，關照生活細節，祖孫三人混一天彼此不嫌棄，晚上則回城堡窩居，歲月悠悠，剛剛好的距離，生活漫漫不覺愁。媽媽獨居多年，漸漸老邁失智，她微笑說：如今知道妳住在附近，我的心都安了。
我在母親與女兒之間，成為一個孤獨的依靠。屋漏連夜雨，自己罹患癌症，開刀，化療，休養，一個人在城堡內隔離，緩慢康復，母女三人連著心，掛念是一種意志力。
成為終身照顧者後，我與疾病共處，仰望天空求生。
那天女兒在阿嬤面前爆炸性撒野，敲碎眼前所有的食物，爆破瓶裝飲水，平常主張痛毆一頓，可制伏惡魔的阿嬤驚呆了！立在一旁，手發抖，久久講不出話來。
我拿起竹掃把，正要教訓那情緒賁張的孩子時，反而被阿嬤擋下了。
她嘆口氣說：「這款孩子妳也別打了，打了也沒用，就養著陪妳過一生吧。」
「不聞不問的男人就算啦！妳顧好身體卡實在。」
「咱一家人能互相顧頭顧尾，感覺溫暖。」
媽媽終於察覺。
她喃喃自語，很快忘了剛發生的一幕，及長時間沒見到女婿。

母親漸漸遺忘人事物，祖孫三人相依偎，隨著時間越鎖越緊，我們生活的熱度，在故鄉熟悉的海風，與沙沙飛揚的塵土中，縈繞不息。

城堡不需要衛兵，戰士永不退場。

評審意見——

本文為女性書寫，中年女性帶著自閉症女兒返鄉，陪伴母親的過程，讓自己成了護衛城堡的戰士。

作者敘述卸下殘破的婚姻，帶著永遠無法獨自飛翔的女兒，買下人生第一棟房子，就在母親家附近。從母親不理解自閉症孩子，認為「打到她怕，自然就乖了。」到後來的「打也沒用，就養著陪妳過一生吧。」

然而在作者罹癌、母親漸漸老邁失智，作者的家便成了「城堡」，尤其在母親的「不聞不問的男人就算啦！」的支持之下。

一場華麗包裝的婚姻，最終是三個健康不夠完美的女人支撐一座城堡，不需要衛兵／男人，女人也可以是戰士，用生活的熱度護衛，有著永不退場的決心。——方梓

得獎感言：

書寫是快樂的，哪怕自己寫的是傷心的故事，邊寫邊哭，完工後閱讀再三，依然心滿意足的微笑。就是這樣，寫作衍生我的生命力，身爲終身照顧者，縱然如動彈不得的蜘蛛網，內心唯美便無敵，抬頭就有藍天。

佳作
苦茶油

梁評貴

圖／豆寶

得主簡介

梁評貴，畢業於政治大學中文所博士班，作品曾獲桐花文學獎、梁實秋文學獎、吳濁流文藝獎等，研究領域為宋代邊塞詩，著有短篇小說集《長毛的月亮》。

那時，家中在山上自有塊地，種植一整片苦茶樹，每年的秋天，苦茶樹會結出纍纍果實，在秋日採收，再歷兩個月曝晒，冬日榨油，一年一回，油槽匯成一條小河，流出一道道金黃歲月。

父親曾告訴你，炒過的茶樹籽粉必須以鐵框模具壓製成餅，一塊塊置入榨油機，受高壓推擠，調整位置，使其受力平均，榨油機緩慢推進，油槽裡才會滲出一滴滴苦茶油。那時你只覺得自己像被鐵框模具限制的茶餅，被制度裁切，受地域限制，一塊塊，都必須排隊放上將受壓力推擠的機器上，榨出我們所餘不多的青春，其餘的，似都成了榨乾後茶餅的渣滓，以手指摩挲，雖有餘香，卻已感受不到一絲溫潤油膩，最好的時光，都裝在那一瓶瓶苦茶油的玻璃瓶裡，覆上包裝，標價出售。

在外工作多年後，回到家中，你喚一聲「爸。」父親喜孜孜的走上前來，「哪會忽然想到欲轉來？先入來坐啦！」你走進去，看見母親亦正忙於果實的挑選，你靠上去，跟她說：「媽，我來幫你，我們來一起挑啦！」媽媽立刻回你：「唉呦！

毋免啦，我自己來就好。」嘴上說是說，但硬是挪了挪身子，讓一座位給你。

你剝開苦茶果堅硬的外殼，一如卸下你自己，與母親一同剔出最柔軟的核仁，把它們放在一起，像一家人的心，緊緊靠著，即便你知道，在這之後，心將磨成細粉，有火熱炒，熾燙燒心，人世翻過幾翻，隨著時間變了色，那即是熟成的代表，香氣散出，成了。

「最近工作怎麼樣？哪會忽然回來？」母親開口問，父親聞聲亦微微將頭傾過來。你微微張口，本欲訴說那一個難堪的困境，轉了念，哭的得先成了笑的，「沒有啦，想你們啊！」你笑著說，母親也笑著說：「你這個三八囝仔！」於是你們都笑了。總歸是要練習，練習把壓過、裁過、榨過的自己，說成一瓶黃金般的純油，裡頭有你、父親、母親，還有記憶中的那片山林，苦苦的油，要笑笑的說，你看著油槽裡滴滴推擠而出的茶油，一旁父親再將其瓶裝，封裝，一箱箱送出去。你想著，未來顧客買走的，彷彿都是，這一家子，純淨而溫潤的愛。

評審意見——

這篇文章，運用「你」的視角，把家人一塊從事苦茶油生產的手工作業，連帶出一家人的感情默契。

尤其，藉助苦茶果的特性，亦即，苦茶油製作過程的描述，讓我們看到了某種「親子手作」的教育意義。

不知不覺的，親子之間的關係，上一代對下一代的愛，下一代對上一代的感激，竟在苦茶油的手作過程中，聯繫了起來。

讀來紮實且雋永。——蔡詩萍

得獎感言：

這次很高興能獲得評審的青睞，首先必須謝謝主辦單位、評審，以及家人、朋友們。寫作不外寫出人性、人生、人情，探求這三項事物的本質，因此以文字為表象，內在則是追索人性、人生、人情的展現。私以為，這次台灣房屋親情文學獎，所徵求的應該就是觸探到這三項本質的作品，以親情為主題，展現人性、人生、人情的意趣，再次感謝主辦單位這項活動，能讓這類作品的書寫空間，得到更多得展示與關懷。

書桌與我

評審推薦入圍作

林佩姬

圖／林蔡鴻

1961 年生。大學外文系畢，曾任外貿公司英文秘書。現為自由創作人。去年因參與社區改造，開始提筆寫陳情信給新北市長，也意外開啓我跟隨林廣老師學習微散文與新詩。曾獲台灣詩學會散文詩優勝獎，札記森林微散文競寫首獎。

小時候，八口之家住在狹小的違章平房裡，既無衛浴間，更無書房。小小的方桌是我寫功課的地方；吃飯時，它是飯桌；拜拜時，成了供桌。讀中學時，家裡的平房增建了閣樓，那是我們的臥室兼書房。書桌堆滿了課本、參考書……也疊放我的青澀歲月。每當爸爸酗酒跟鄰居鬧事、失控毆打媽媽時，無法保護母親的我只能躲在書桌下哭泣。書桌總收納我的喜悅與哀愁，糾結我的情緒，也寄生了我的影子。它以獨特的姿態看我，陪著我度過那孤寂的青春年少！

大學畢業後入職場，我遇到人生另一半。婚後，我回娘家，那時母親還算健康。按門鈴，卻常沒人回應，我用鑰匙打開門，房裡一片漆黑，電視開得超大聲，母親孤單地坐在客廳裡睡著了，我的內心有點微酸。想到未受教育一直是母親的遺憾，所以幫母親報名識字班，並把我的老書桌搬到母親的房間，成為她讀書寫字的地方。書桌上擺放我的舊檯燈，還有我為母親新購買的筆盒及文具。母親戴著老花眼鏡，手握鉛筆一筆一畫在這裡認真地寫字，望著母親寫字時的專注表情，就能感受到她的喜悅。

幾次返家探視母親，她都沉浸在習字或畫圖中，沒注意我的到來。發現時，她會高興地從書桌抽屜裡拿出已畫好的圖、或寫好的作業給我看。我很感動學習帶給母親如此的快樂。婚後，我未能常陪伴母親，內心感到遺憾，而這張老書桌成為母親快樂學習的地方，稍減我的內疚。望著它，總有種莫名的安慰，相信媽媽一定喜歡靜靜地伏案於此。

後來，疾病牽絆了母親的身軀，使她無法再繼續學習。而這些年母親的心裡是否會牽掛習字呢？臥床近二十年的母親也因失智與失語症無法再與我交談。回憶就像白千層，一層層的斑駁，一層層的蕭瑟。那些過往隨筆桿戲謔地搖著，傷痛兀立在初曉的薄霧裡輕輕嘆息！但想到那段母親的學習時光，及我們母女使用同一張書桌，擁有點點滴滴的回憶都是溫暖的。也許有個天涯也等著我，它是母親不斷的叮嚀，它讓我樂於在這張老書桌上繼續學習，以文字填補過去母親的缺口，也讓我走過生命裡一站站的里程碑。

薑母鴨

評審推薦入圍作

施明耀

圖／蔡侑玲

法文系大四生，自 2018 年開始身兼三職，從未間斷，是自由寫手也在畫廊工作，現在替拍賣資料網寫藝術家介紹；北漂四年嘗試在台北找到家鄉的一隅，未果。只好窩居在文字堆棧的陋室中；即便在三年中已經寫了好多好多的字，繞著商業打轉的卻是不計其數，真實表達心情的寥寥可數。我相信書寫有療傷的能力，能夠在這個霓虹繽紛、遠山若隱的愁城找到故鄉的一抹微光。

秋意繾綣襲來，伴隨著薑母鴨店的紅燈籠一盞接著一盞的點著，不知何處雨，已覺此間涼。

我手中提著一份薑母鴨，湯要多一點。霧翳覆垂在傍晚時分的鐵皮屋上，金黃可人；而上頭畫著紅面番鴨的燈籠亦隨微風搖曳生姿，微微溫熱的薑母鴨湯按著我前行的步伐，不時觸碰到我的小腿，望著無垠的彼方，依違遲遲又坐對生愁。今天是薑母鴨開始賣的第三個禮拜，也是我不住家裡的第三年。

轟隆隆響著，汽車與卡車、行人與行道樹、天空與地面，產生共鳴，「叮」一切徙然變向，原來是紅燈了。前方的母親略微傾身牽起小女孩的手徐徐走過斑馬線，過往的記憶忽然有了時差，片刻忽止萬物哦然無辭。身邊不斷穿梭的人群如同光與影掠過一張薄的透光的窗紙，我是小的看不見的洞，暗自沉湎在偌大且孤獨的台北街頭。一步一步的，「咯噔！咯噔！」腳上的皮鞋因為石子與鞋跟不停發出聲音，聲音雖隱密卻蓄滿風雨，也迴盪我的心中。心想再不快點買齊配料湯就不新鮮了。

熟悉的超市我方踏進店裡便發出俗不可耐的節奏，在今天有點悵惘的思鄉情緒中，聽起來倒是有點像歡迎回家；拾起豆皮、板豆腐、魚板，當然還有高麗菜，匆促結帳後我抄了一條近路快步回家。

久未觸碰的廚具櫃，堆置的有些紛雜，手上也沾了不少灰塵，在台北一個快生活與外食族的天堂，自己下廚房煮菜的時刻少之又少，耳邊恍惚間想起來自母親的叮嚀：「鍋子要用水稍微沖過比較乾淨。」

湯頭滾開後，我片尋不著鴨肉丸子與豆腐乳。一聲駭愕低吟，我才醒了過來，原來並不是每一家薑母鴨店都會附上豆腐乳，而鴨肉丸子也是母親早起到市場排隊買來的，今年也是母親過世的第一年。

原來一個人的離開是這樣了無痕跡，而杳思不可及。

九層塔

評審推薦入圍作

姚柏丞

圖／Tai Pera

彰化人，1979 年生，中興大學中文所畢業，曾在彰化、新竹、嘉義等地的國中執教，現任職於台中市國中，對寫作頗感興趣，喜歡用文字組織不同的人生故事，寄寓不同的人生哲理，曾獲葫蘆墩文學獎、蘭陽文學獎。

老屋四周，蓊鬱拚命妝點，慣用衆星拱月簇擁著那逐漸朽邁的身影，斑駁牆面偶爾也能被掩映成一幅幅奪目畫作。這一切，在母親巧手助瀾下，隨風潛入夜，默默地發生。

早期，因九層塔容易培植，只需撒上種子，蓋上薄土，澆水略濕即可，加上煮食需求，庭園內總布著那滿滿身影，母親會蹲坐著摘除花穗，不讓其開花，使其有更多的分枝，九層塔開花前香氣濃郁，很適宜摘採嫩梢來作烹調。

最近，母親生病，庭院已久未梳理，被迫接手的我，一開始顯得力有未逮，折騰一段時日後，九層塔慢慢收復失土，幾株母親最愛的沙漠玫瑰也鶴立其間，但儘管紅花倚翠，整個庭院還是少了些許溫潤，植栽似乎已習慣母親的撫觸，自己彷彿成了多事之徒。

「病有好一點了吧？」

「有啦，沒那麼容易死。」

我清楚知道母親正逞強著，想到自己小時候生病也是這樣。歲月行舟，我與母親已是載浮載沉的共同體，我跟隨她的腳步，習慣她的步伐，明瞭如何在滔天巨浪下，穩穩掌舵前行。澆水、除草、施肥，日復一日，繞了一大圈，自己終於踏出母親的節奏，伴著母親走在庭院，舉目頗有怡然之意。

空氣中的馨香撒野，將靈魂再次年輕。母親腳步虛浮，我的手不時在她的脅下候著，總是閒不下來的她，因為這場病，第一次感覺到時間是這麼難以打發。

「工作不忙了喔？回來的時候多了。」

「還好，想聞聞妳的九層塔。」

我倆繞著花木家常，病症的未癒似乎已不受影響，生命如一絲細繩，始終縈繞，以往總認為母親身體硬朗，我的打拚只需往前衝鋒，不用駐足、回頭，但此時此刻，熱血已暫時冷卻。

進屋後，她逕往廚房走去，暮光由矮窗射入，斗室爬滿金黃，於此曾起伏過的喜怒哀樂，都被收攏或丟棄，空蕩把時間切割得很細碎，但當下，分分秒秒卻讓人眷戀，從廚房裡飄出的九層塔香，讓我回了神，感覺也卸下母親的老與病。

我倆並肩坐在桌前，咀嚼那三十年不褪的記憶，沒有了時間隔閡，曾有過的點點滴滴都能從齒縫間流淌著，每一味都成了我與母親最熟悉的分秒。

評審推薦入圍作

灰色公寓的陌生日常

嚴毅昇

圖／紅林

1993 年生阿美族人。
詩作於《圈外》連載。作品散見幼獅文藝、印刻、文訊，歪仔歪、聲韻詩刊……等。
畫出回家的路－為傳統領域夜宿凱道 day700+ 影・詩、運字的人－創作者的鑿光伏案史（共著 2 本）。
IG：pennisetum_cidal。專頁：狼尾草。

那年難以成眠的長夏，伴我的是從窗外射入床板過於慘白的光害。

循聲響開啓房門，看見母親在移動我的書櫃：「你哥要搬進來了，大的房間給你們住。」我看著對門內的通鋪大床不禁愣了愣，離家多年的時間，一個陌生的男人要和我睡在同一張大鋪，儘管有共通的血緣，卻感覺亦像多年前病發的父親，神情陌生的令人寒顫，而今，失學生的我，內心的海潮反逆精神日日高漲，與他的對話框總是靜默的暗潮。

憂鬱——彷彿長春藤般糾結捆繞，父親離世前一年，我是位休學在家休養的碩三生，每日與長年養病的父在家中時不時眼瞪眼的，當時記憶不斷背我那遭遇褻瀆的身軀而遠去，望著塞滿書籍的木櫃幾度忘卻如何拾字落辭，便逃離了一個人在宿舍苟延的自由生活，北上躲回久違的房間，終至遺忘藥物的名。

當時，不吃不睡的歲月，書櫃是唯一能好好存放身體吐出來的十五公斤，在冷與熱交迫之境地，哪裡還能是憂鬱迫降的停機坪？讀著那些斑駁的作者之述、也像是讀著這落於北方不斷蛻皮的房間，房間說話的方式像我，冬天是他最多話的時刻，或許是我們都在冬天出生的緣故吧，總會落雪告知安靜許久的我，斗點小雨曾經來過，像是父親還在這棟公寓裡自顧呢喃著什麼。我們的生命有各自的限制與現實的背叛，人間浮世的惡滿溢出來，我愛你，卻不能拯救你了嗎？時常看著客廳罩上黑色布套的頭像，兒問祢。

三年以後，終究退學開始了工作，守喪的歲月也轉身而過。傳統社會的習俗我不是很明瞭，熟識的親戚總是熱心，與母親每年打理中元法會的瑣事，有些鬍子總是要刮，試著把更多記憶儲藏在這公寓裡，也試著忘記，像那一盞永遠在離家時開啓的燈，等著一個不會回來的人。

一塊塊壁之碎片凋落，在淚水覆沒了父歿以後，一種壁癌不斷加速親時的錯覺，生命離散像一顆腫瘤不斷肥大，侵蝕著內心卻不忍割捨，不忍相處的時間消逝，一家人彷彿與祂同住在靠岸的海砂屋內，任日子風化，或者我們的靈魂有一部分同祂住在骨灰罈裡了。

或許祂能帶些走什麼，何嘗不也是一種安慰。

盒子

評審推薦入圍作

陳家如（筆名：亮亮）

圖／ Sonia

曾獲全國巡迴文藝營創作獎散文類首獎、全國學生文學獎、竹塹文學獎散文貳獎，讀過的學校都拿過全校文學獎散文首獎；新詩、小說、繪本亦曾獲獎。少時曾就讀七年美術班。

亮亮的粉絲專頁：https://www.facebook.com/Shinyrabbit2/

這個寶寶一出生就沒有哭聲，異常寧靜，彷彿是葬禮的現場，一片冰冷與死寂。他，是一個出生就多重殘疾的六百克早產兒。生下來時，大家團團圍住他，都張大了嘴、無言可語。他雙腿朝天、關節僵硬，完全無法將腿躺平；全身皮膚潰爛破皮，無一完整；雙眼白內障、瞎眼混濁，註定無法看見這美麗的世界。

上天很眷顧他，沒有讓他繼續活下來、走在這個殘酷的人世間。他出生之後，不到一天就過世了。當他胸膛仍在鼓動、心跳卻漸漸趨緩的那一刻，護理師輕輕地唱歌、細聲告訴他：「你再也不用再痛、再受苦了喔。你下一次回到這個人間，一定要記得把你的裝備帶齊！」

他的媽媽未婚懷孕，當醫師告訴她消息的時候，剛生產完的她轉過身背對醫師，假裝沒聽見。她既不願意來看生下他的第一眼、也不願意來看他過世前的最後一眼，她是如此害怕面對自己殘疾的孩子。孩子的外婆在旁則嚷嚷，不願意幫死去的孩子、付四百多元裝去世身體的盒子之費用。有些孩子像一滴眼淚，還未從這個世界流下，就蒸發了，消失的無影無蹤。死亡或許並不可怕，甚至是一種解脫；世上最可怕的並不是死亡，而是那不被愛著的未來。

同一天，我跟著主治醫師查房。午後，微風微雨，看到一個媽媽跟著她的三歲孩子，兩個人專心趴在病床旁大片的落地窗前。媽媽在教他數停在醫院樓下的車子。高高的樓上看下去，所有的車子都變成像玩具車一樣了。他們就好像守財奴一般的，又把那些小車財寶，圍兜了起來，數了一遍又一遍。小男孩的眼色，非常的開心又專注。他大概在想，他有好多車子。

「媽咪、媽咪……我也可以把這些車子，都裝進這個盒子裡嗎？」

盒子。我看到那個盒子了，裝著玩具車車的紙箱，好像剛好可以裝進那個去天上當小天使的寶寶。那聲如銀鈴般清脆的媽咪、媽咪，如蜜糖般淋下，變成了這個殘忍的人間，最美好的音樂。

最美好的音樂。如此溫暖、如此幸運。如果你問我，親情是什麼？我會說是幸運。幸運的無以倫比。

釘子戶

評審推薦入圍作

陳秋茹（筆名：秋麒）

圖／無疑亭

陳秋茹，1972 年生。從小喜歡寫作，小六時投稿刊登於校刊，從此對寫作信心倍增。國中時時常提筆寫些雜文，直到高中有了其他興趣，逐漸荒廢寫作。民國 95 年因緣際會進入了三立電視台成為編劇，期間參與了一些電視節目，包括：《金色摩天輪》、《愛情經紀約》、《櫻野三加一》等等。之後離開三立獨立接案，則參與了《光陰的故事》、《開封有個包青天》、《第二回合我愛你》、《天下父母心》、《兩個爸爸》、《我和我的四個男人》、《美好年代》、《大時代》。以及對岸的《加油媽媽》、《契約愛情》、《杉杉來吃》等戲劇作品。

無論環境如何，寫作初衷都不打算改變。並希望更多方式來開啓所有寫作的可能，包括戲劇、小說、電影等等。也期許自己成為能把各種故事說得精彩的創作者。

我第一次來到饅頭伯的家，他提著尿袋微笑向我走來，那是一個炎熱的夏日午後，從廚房傳來啪搭啪搭，蒸籠裡熱水滾沸的聲響，空氣逐漸飄散一股饅頭香。

饅頭伯是當地出了名的釘子戶，十幾年前建商買下整條街準備蓋大樓時，饅頭伯為了等待離家出走的兒子回來，說什麼都不肯賣掉他的屋子，強悍與建商周旋數年，最後兩棟二十層高樓都蓋成了，饅頭伯的矮屋，夾在中間，成為商圈裡突兀的景觀，因著老人家病弱，窄矮的屋子長年門窗緊閉，並時常從屋裡飄散出來各種惡臭味。

原本已經臥病在床奄奄一息的饅頭伯，忽地起死回生，是有一回，一個不長眼的賊偷進了這破屋，什麼都沒偷到的結果，乾脆拿走了桌上幾個已經發霉的饅頭。饅頭伯醒來想吃點東西，發現桌上唯一的食物不見了，當場老淚縱橫，肯定是最愛吃自己做的饅頭的兒子偷偷溜進來了。饅頭伯帶著兒子還會回來的盼望。

從此打起精神來，拿出塵封已久的大鍋灶，揉麵粉、做饅頭，每天弄得汗流浹背的，就像當年賣饅頭時。原本飄出惡臭味的屋子，重新飄起陣陣的饅頭香。

每一週的關懷探訪，饅頭伯總熱情的招待香噴噴的饅頭，並一次一次聽他說當年因為兒子愛吃饅頭，他開始跟老鄉學做饅頭，也靠著饅頭掙下錢買了這間房子，孩子十幾歲叛逆交到壞朋友，在一次父子倆爭吵時，孩子離家出走，從此音訊全無。饅頭伯從那天起一邊賣饅頭，一邊找兒子，一直到老了，走不動了，他才不再找了。

隨著饅頭伯失智，屋子裡傳來的饅頭香時常變成燒焦味，好幾次還差點醞釀成火災，里長勸他別再做饅頭了，饅頭伯卻不肯，他說孩子放學回來要吃他做的饅頭。

那一天，我再度去探訪饅頭伯，從廚房裡傳來蒸籠裡，水蒸氣不住上衝的聲音，饅頭伯卻不在家，我四處去尋找，好不容易在巷口找到滿臉徬徨的饅頭伯，他是出來買醬油讓兒子沾饅頭吃，卻怎麼都找不到回家的路了。

我牽著饅頭伯的手，一路走到矮屋前，屋內亮起了燈，並有男人的身影走動著，饅頭伯拿著醬油，眼眶噙著淚，顫抖的走進了屋子。

回家

評審推薦入圍作

吳淑惠

圖／陳佳蕙

1938年出生於福建省晉江縣，1962年畢業於福建師範大學數學系。1964年移居香港，並在福州及香港任數學老師，1976年來台灣從事國際貿易，長達30年，現退休，常參加社區活動、筆耕。作品見於聯合報、國度復興報，曾得文薈獎。

我的次女是個發展遲緩的慢飛天使，智能只有三歲。

她出生後，經過一段漫長的求醫之路，都沒有起色，我和先生要工作並照顧另外三個孩子，只能將她安置在養護機構，星期一送去住宿，直到星期六接回家。

星期六、日她很高興，可是星期一早上要回機構就大哭大鬧，躺在地上翻滾、尖聲，哭得涕泗縱橫，滿身大汗，全身發抖，嘴裡一直重複著一句話：「我要回家，我要回家……」

一家人要上班、上課，急得雞飛狗跳，怎麼哄她都不行，外子情急之下拿起竹棍往她身上狠打，我趕緊護著，不免也被打到，此時她更發狂似地衝上反抗，咬我的手，也咬自己的手掌，搞得血肉模糊。我瀕臨崩潰之際，腦中竟閃過「妳死了多好」的絕望念頭。

在她三十七歲那年，我終於累垮了，慢性肝炎拖成肝硬化，必須住院進行換肝手術。住院期間，大她一歲的姊姊帶她來醫院看我，我裝作若無其事躺在病床上，她以為我是來醫院旅行，而且是住在「大旅館」，吵著要跟媽媽去旅行。

我順其意，把病榻讓給她，自己則躺在窄椅子上休息，並不時計算著醫師何時會來查房，趕快與她交換位置。

我的寶貝開開心心住了「旅館」一晚，才滿足地跟姊姊回去。我望著她們背影，緊抿嘴唇，眼皮一直往上睜，不讓眼淚掉下，心中不斷默禱：讓我好好活下去，多照顧這個「老小孩」幾年，不要拖累手足。

換肝出院後，我辦了退休，終於把她接回家住。早上送去日托班，下午四點接回家，她一見到我就大喊：「媽媽來啦！」衝向我：「媽媽抱抱，媽媽回家！」

她迫不及待跟我分享在學校的點點滴滴，雖然含含糊糊說不清楚，但我用猜的稍能明白意思。我問：「妳中午吃什麼？」「包。」喔，是包子。「妳唱什麼歌？」「月亮，代表，心。」很好，是〈月亮代表我的心〉，鄧麗君招牌歌。

我帶她一起旅行，一起運動，我的左手搭著她的右肩，靠著她胖胖矮矮的身子穩穩、慢慢行走。五十七歲的她，是我這八十二歲老媽的一把穩固拐杖。

評審推薦入圍作

摩托車的風

柯孟君

圖／Sonia

柯孟君，1980 年生，住台北的台南人，政大商院畢，原為金融人，現為育有兩寶的全職主婦，喜歡閱讀與寫作，喜歡挖掘生活中平凡簡單卻又能溫暖人心的小事物。

每天早起準備早餐，帶孩子們去上課；放學時，在校門口等著接送他們回家。我跟孩子們有時在酷熱的夏天行走，有時在雨天撐傘前行，冬天天冷時我會將他們的小手，放在我外套的口袋裡暖和。而獨自在回程的路上，我偶爾興起，會騎上附近的租借腳踏車，輕踩著腳踏板，輪子隨之轉動，旋出了速度，微微涼風便在此刻拂上臉龐，讓我想起阿公的摩托車。

小時候的每天早上，都是阿公叫我起床，他會在床尾那頭輕輕問我，早上要吃什麼，碗粿配豆漿好嗎，還是巧克力牛奶配麵包。然後騎著摩托車載我去上學，爸媽工作繁忙，我上下學都是阿公負責接送的。阿公騎車速度很慢，有次我趁等紅燈，下車繫鞋帶，阿公沒察覺我已下車，綠燈時他竟起步就走，我都還能小跑步追到他。

阿公的車速雖然慢，但在他的後座卻常有微風相伴。有時阿公會載我去找隔壁鎮的舅公。我們先繞向環鎮道路，再來的路段店家會越來越寥落，路燈零星的設置，幾公里才一盞，晚上會變得非常黑暗，尤其是在鎮與鎮的交接地帶，兩旁種著不知是什麼的田，遠邊房舍的燈火，稀稀疏疏，看起來像是躺落在地上的星，不知自己已墜落人間，仍舊不停地閃阿閃的。我常緊抱住阿公的腰，坐在後座瞇著眼緊閉嘴巴，因為只要一張口，黑暗中那千百隻蚊蟲便會隨著摩托車的風飛進來。

坐在阿公的摩托車後座，我很常將臉貼著他的背，聞他身上淡淡的味道。下雨了，就躲進阿公的雨衣裡面；冬天冷的時候，我會把手放進阿公外套的口袋裡取暖。我們不常在摩托車上聊天，通常只是安靜地吹著風。

阿公過世很久了。我常在問孩子們早上要吃什麼的時候，想起了他會幫我將早餐碗粿細分成六小塊；帶孩子去上學的路上，學起他把孩子的手放進了我的口袋中。我的育兒時光裡，總是不經意地重疊著阿公的身影。

如果夠幸運的話，我還能夢見他。在夢裡，坐著阿公騎的摩托車，我在後座緊緊環抱住他，如小時的每日。只是，夢裡的摩托車，已經沒有風，拂過我的臉龐了。

評審推薦入圍作

魚塭的氣味

陳東海

圖／想樂

國立台灣師範大學國文系畢業，國立台南師範學院鄉土文化研究所畢業，曾任教台南市國文科，目前退休。寫作為興趣消遣之所在，作品散見各報副刊及文學獎作品集。

從小家裡做塭，但與魚塭親近卻是很後來的事。

我一直不喜歡吃魚，特別是魚塭養的。混養的塭魚，不論虱目魚、鱸魚、吳郭魚，即使肉質不同，口味上也沒多大差異。

不吃魚，對自家魚塭也頗多抱怨，那股腥臭味——水車擾動的空氣、曝晒的魚網、老宅的屋間，甚至開水，米飯裡都聞得到，夠讓人氣惱的。

小四那年，幾位同學衝著魚塭來家裡玩，那是我難得驕傲的時刻。

那天，我們高高興興地烤窯、釣魚。接近黃昏時，有人潛水，還邊踢水、邊敞雙臂朝岸上招手，我開心地揮手呼應。阿爸突然從魚塭盡頭衝來，跳水把那人從塭底拉上岸。也沒什麼驚險的，那同學嘔幾口塭水就清醒了，阿爸拿來毛巾後，他才哭出聲，我嘻嘻哈哈地嘲笑他蠢。阿爸霍地起身，狠搧我一記耳光。

那記耳光讓我的驕傲瞬間蕩然，而我的不滿也從腥臭的魚塭，擴展到阿爸的粗俗、暴力。

這樣的不滿，阿爸應該也感受得到。魚塭的工作，包括撒料、巡水、牽魚，他都自己來，必要時會招呼阿母幫手，就是從沒開口找我。

國中畢業那年，我如願考取本地明星高中。阿爸卻對趾高氣昂的我嗤之以鼻，他說：「做塭亦袂曉，讀死冊，有啥好歡喜的？」

我禁不得激，那天，阿爸要牽魚，我套起青蛙裝就跟著下塭了。

下塭後，阿爸浮誇地嚷我蹲低、側身、輕手牽網……結果，反倒是阿爸那頭卡底了，我睨眼看他，他還故作鎮定、左拉右扯地抖網。

這時，一尾兩指粗的鰻魚從我身旁曲折游過，我單手撈起、指掌緊扣，興奮叫起：「鰻仔！鰻仔！」。那鰻魚纏縮在我手腕，並沒想像中滑溜。

「蛇！遐是蛇！緊、緊放……」阿爸慌張大喊。

沒等放手，那傢伙已經狠咬下，我一陣暈眩、兩腳痠軟。阿爸扛我上岸，猛吮我手臂紅腫的牙痕，隨即，背起我拔腿狂奔、攔車送醫。

其實，水蛇的毒性不強，我只是驚嚇過度。

但是，阿爸狂奔的那段路我始終記得，他赤腳、裸上身、下身寬大的圍褲，沿路不知所云地輕聲安慰，而我側臉貼他後背，唇觸著他汗鹹的後頸，聞來的盡是他身上濃濃的魚塭腥味。

至今，那仍是最讓我心安的氣味。

告別

評審推薦入圍作

楊妙珍

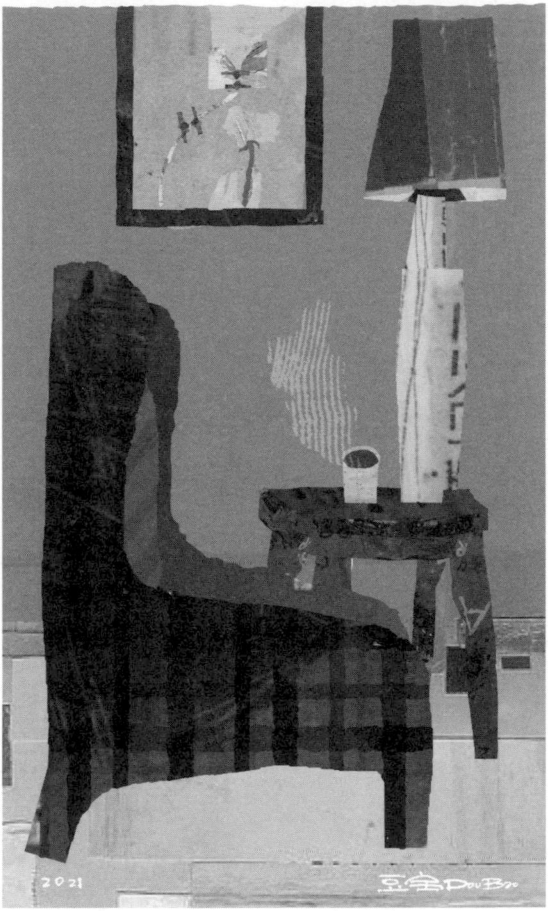

圖／豆寶

留美碩士、行銷企畫專業人士。年邁雙親於兩年內相繼離世，因而對生命有了不同的領悟，才知道愛也要懂得放手——對父母的孝順、對子女的教養都是！

「我要穿龍笛的旗袍！不要忘記喔。」老媽慎重交待。

我邊看電視，無心聽你的碎念。久久回娘家一次，你怕我忘記，總是一再提醒你想要的後事細節，告別式上用白色典雅的花、遺照用擔任會長時拍的那一張、旗袍要到百貨公司的專櫃去挑，更不用說你早已買好的塔位。我總認為你想太多了，你只不過是開始打胰島素來控制糖尿病而已。

後來腳指破皮的小傷口醫了一年多，你不敢走路，更不想出門了。

「我沒想到還有請外傭這筆錢要付。」你嘆了一聲。

「你不想我們出錢，那你把最小的房子賣掉，反正你有好幾棟房子啊！」

「不行，那是要留給你的。」

我實在搞不懂你的想法。「你現在走路不方便，讓自己過得舒適一點比較重要吧！出門搭計程車，這個錢不要省，去找你的姊妹淘聊天，總比一直待在家裡好！」

你的身體每況愈下。第一次送急診，你在加護病房催促弟弟趕快寄出你的放棄急救簽署。洗腎末期體內積水，你堅持不就醫，直說給你幾天的時間，你就會像鄰居老太太一樣安詳的離開，我跪地苦苦哀求明明痛苦不堪的你，你才勉強上了救護車。一到院，醫生說你快休克，要我簽急救同意書，我說你不同意急救，醫生怒問，那送來醫院做什麼？我噴出眼淚，不知道怎麼回答。

幾個月後，你選在不打擾任何人的時刻離開了。一位長輩早已被你交待，在告別式上要提醒我們找出你放在房間裡的遺囑。你親手寫了房產分配並感謝弟弟對你不離不棄長期照顧、擔憂哥哥有房貸壓力所以將可收租的店面給他、堅持嫁出去的女兒也該有一份遺產。我們也找到了你已加洗的四份全家福照片，上面寫著爸爸及我們三兄妹的名字，讓我們留存。

滿七祭拜時準備了你最喜歡的甜點及飲料，你高興得讓我們一擲就聖杯。在返家車上我問兩個小孩我喜歡吃什麼？講了七八樣，還是說不出個答案。我突然明白了，因為知道我們是傻孩子，你得先講明白；怕我們措手不及，你得先安排好；怕留下來的人會傷心遺憾，你得想辦法安慰。

母愛，到最後一刻都不會放手的啊！

附錄

二〇二〇第一屆台灣房屋親情文學獎決審紀要

時間：二〇二〇年十二月十二日下午兩點
地點：聯合報總社
決審委員：廖玉蕙、方梓、鍾文音、蔡逸君、蔡詩萍
列席：宇文正、王盛弘
吳佳鴻／記錄整理

台灣房屋親情文學獎於二〇二〇年首次舉辦，本次徵獎共來稿七〇八篇，九篇不符規定，六九九篇中由複審委員朱國珍、夏夏、李欣倫、胡川安、林蔚昀、吳鈞堯共同評選出四十六篇進入決審。複審委員認為，本次雖有不少稿件呈現技巧較樸拙、或未脫作文框架的現象，唯整體而言，多展現素人寫作的誠摯情意，勾勒或私密或日常的關係，令人動容。

決審委員共同推舉廖玉蕙擔任主席，主持會議流程。廖玉蕙首先請委員們發表整體審閱意見，並提議選出心目中最佳的七篇作品，再依票數逐一討論。蔡詩萍因故未能列席，由決審委員會代為傳達書面意見。

整體意見

鍾文音認為以「全民寫作」而言，部分入選作品文筆優良，特別是能動員場景書寫。若說親情的量體、苦痛的深刻已超出文學可負荷、承受的極限，那麼入選諸作則都呈現出尋求救贖的「雞湯」傾向，但文中透露出的舊時代情懷、時光歷練的意味，皆十分真誠。或許由於主辦單位，許多文章較扣緊房屋，但反而藉由場景，在舊家具、家屋中勾勒可貴真實的生活經驗。評選上如何在文筆精雅與情感濃烈之間拿捏，則頗費思量。

蔡逸君談及入選的寫作者多為素人，往往使用自然不匠氣的語言勾勒真實生活經驗。入選作品中，往往通過飲食與疾病描繪親情。蔡逸君評選上認為，親情實際上不一定是模範家庭，亦不必然是無條件的付出。就此而言，入選文章若能在愛之外，也能探索、觸及日常生活中無所不在，卻又難以表露陳說的傷害，就會顯得較突出。親情不必然就需要被刻意編造美化，因而對親情特殊的切入點，就成為評選時注目的所在。

方梓談到本次評選經驗相當特殊，第一次看到這麼大量的親情書寫，深感社會上的衆生相，然而與此相較，文章書寫上卻往往拘限於呈現親情的正向、乃至關係的救贖。事實上，正因為親情不必然父慈母愛，正如同社會上有諸多不同的家庭與親情型態，因而不妨在書寫中，呈現真實人生中親情的缺憾與不完美，而不必然追求完美的結局。也因此，方梓相當認同蔡逸君，更注目於呈現出衝突性的作品。

蔡詩萍點出整體而言徵文的水準相當高，多數文章都反映了親情「永恆」的矛盾：擁有時，不以為意。失去時，才充滿懊悔遺憾。不過，儘管多數人的親情關係有相近之處，但不同的際遇與社會條件，卻會帶來不同視角。因此，蔡詩萍期許通過評選，挖掘親情諸多的不同樣態。

廖玉蕙認為，相較於一般的文學獎，特別呈現出多元的父母形象，從閱書報、建屋到裝潢業，閱讀上富有趣味，堪稱幸福的評選經驗。雖說文字往往較為樸實，但卻可以充分展現庶民寫作的質樸情感，大抵相當容易閱讀。評選標準則是題材情感是否動人，至於文章技巧或修辭手段則為其次。接著主席請評審們分別選出七篇文章，視票數決定是否進入下一階段的評審與討論。

第一輪投票

◎一票作品

〈書桌與我〉（君）
〈報紙隧道〉（廖）
〈長髮夢〉（君）
〈薑母鴨〉（方）
〈九層塔〉（鍾）

〈灰色公寓的陌生日常〉（鍾）
〈大海〉（君）
〈魚塭的氣味〉（萍）
〈告別〉（鍾）

◎二票作品

〈你不說話的時候〉（萍、廖）
〈念唸〉（方、鍾）
〈希望誰當你媽〉（君、萍）
〈瑪丹娜與熊〉（方、萍）
〈父親的裝潢人生〉（廖、君）
〈老宅裡的臉書〉（萍、鍾）
〈城堡〉（方梓、君）

〈苦茶油〉（廖、君）

◎三票作品

〈不跟外婆說話〉（廖、方、萍）
〈五十公尺的散步〉（廖、方、鍾）
〈我和她的航行〉（廖、鍾、萍）
〈回家〉（方、萍、君）

〇票作品不列入討論，一票作品由各篇投票評審評議是否淘汰，二票及三票作品則依次評議，未淘汰篇目則列入最終評選。

一票作品討論

蔡逸君所選的一票作品，共有〈大海〉、〈書桌與我〉及〈長髮夢〉三篇。蔡逸君選擇保留〈大海〉，因為文中雖然淡化情節，以平常筆墨經營一個職業婦女照顧小孩的心理過程。不以糾結的戲劇性取勝，卻可以從簡單的收尾，將親情拉到更廣闊的層次，這是它特別之處。至於〈書桌與我〉及〈長髮夢〉則選擇放棄。

〈報紙隧道〉使廖玉蕙表達高度讚賞，認為寫出台灣老一輩人對於字紙乃至報章的珍視與尊重。寫出對報紙的珍視、道謝、輕撫乃至道別，其情感不僅是親情，也是對逝去年代的懷念，報紙在此成為素樸的象徵，堪為廖玉蕙心目中的優選之作，特別在報紙式微的年代，使人徘迴再三，故予以保留。

方梓認為〈薑母鴨〉一文大抵僅是持平之作，但文章尾聲頗有巧思，使人動容。文章描寫購買食物時，從漏買豆腐乳與鴨肉丸的細節，才發現原來過往的沾醬與配料並非店家所附，而是母親另外奔走購回。文章結尾不經意從豆腐乳與肉丸的缺席，拉出母愛的逝去，輕巧感人。但是除卻結尾外稍顯平淡，因此可以放棄。

獲一票的〈九層塔〉、〈告別〉、〈灰色公寓的陌生日常〉三篇中，鍾文音認為〈九層塔〉及〈告別〉不分軒輊。〈九層塔〉從食物侵略性的氣味，連結母親同樣具有侵略性的性格，頗有巧思，〈告別〉則是書寫父親留於抽屜的遺囑，叮嚀裡傳達出遺留的愛。三篇經評審委員討論後，最終不予保留。

蔡詩萍的一票作品〈魚塭的氣味〉，由評審委員共同討論後，認為文中的情節安排稍顯刻意、戲劇性較强，稍有刻意搬演的缺憾，而文中的衝突與和解，在有限的篇幅中，也較顯得匆促與荒誕，最終不予保留。

二票作品討論

〈你不說話的時候〉

蔡詩萍認為，本文溫柔且含蓄，書寫父女間難以言傳的親情，在「自以為了解」的預設下，突然轉折的感動。刻畫穩健且不煽情，雖然最終依舊沉默相處，但愛已經超越了言語，表現出抒情散文的淡與雅。廖玉蕙也認為，本文不論文字鋪陳或氣氛醞釀皆相當不俗。鍾文音則指出文中鏡頭的轉換稍嫌過快，惟可能是篇幅所限。

〈念唸〉

方梓認為文章寫出母女間女性相依為命的情誼，從新屋有電梯的當下，追想過往沒有電梯的搬家具時光，勾勒出女性不必倚靠男性，以及母女可以自立的自傲。鍾文音也稱讚文章喚回了「家具不落地」的舊時光，且文章把握了女性搬家具時呼口號的聲音細節，在短小篇制中，用一二三四的具體聲音，連結了今昔的女力時代與母女情懷。

〈希望誰當你媽〉

蔡逸君認為其他參選作品多從傷感刻畫親情，本篇卻獨具輕鬆筆墨，引人莞爾。用對反的筆法，詮釋孩子的抗拒；在詼諧的敘述中，思考為人母親一句「我是為你好」，可能是小朋友心目中「最噁心的話」，以幽默口吻帶出了沉重的親子議題。蔡詩萍則認為，本篇從母親角度，在觀看亞症孩子的視線中表達愛意。方梓亦肯定本篇從人母的角度，辯證親情的理想與現實，刻畫不弱。

〈瑪丹娜和熊〉

方梓提及文章從母親搶先離家出走開始，敘述曾經年輕貌美的母親，是在生育持家的過程中才變成熊。沒有人記得熊曾經是瑪丹娜，正如同每個母親也不是一開始就是熊。寫出了母愛與親情的深刻。廖玉蕙則點出，文章中有些轉折較顯突兀。蔡詩萍點評本作，認為本文追述母親少女時代，頗具幽默感，是兼具溫馨與詼諧的佳作。

〈父親的裝潢人生〉

蔡逸君直言本篇幾無缺點。雖然描寫文氣稍重，但內容相當生活化，結構工整嚴密。透過皮膚潰爛等極佳的細節描繪，從旁拼湊出父親為家庭努力的辛勞，是其心目中的前三名。廖玉蕙認同其觀點，指出文章中並未直陳父親的可憐或努力，而通過文字將父親的苦盡收紙上，以口鼻的黏沫、多痰的肺等細節，漂亮且不造作地寫出濃厚親情。

〈老宅裡的臉書〉

鍾文音認為，本文特殊之處在全篇特殊的靜物感，不同於其他參賽諸作，往往表現以較情緒化的文字，本文通過靜物描寫呈現的親情，顯得比較安靜，有如定格的家族舊照。文中寫到樟腦丸氣味等細節，成功勾勒出阿嬤與老宅也有日復一日的「臉書」，其敘述彷彿有鏡頭跟著老宅運鏡拍攝，寫作技術上相當不俗，且感情相當收斂節制。蔡逸君點出，本文透露出老宅對於長者與年輕人而言存在不同的時間感，正如同對親情關係的認知差異，而廖玉蕙亦稱許本文以「臉書」連結網路平台與阿嬤面孔的巧思。

〈城堡〉

方梓陳述這篇刻畫小孩罹患自閉症、母、女、孫女三代同堂的故事，不僅展示教育觀的世代差異，但更在衝突中呈現母女的深情。自閉症的孩子像是關在自己的堡壘，但動人之處正在於母親與自己，也都變成彼此的城堡。蔡逸君亦稱許相當點題，寫出三代間既獨立、又彼此連結支持的樣態。文中坦承自身的失敗與諸多傷害，但城堡不僅是封閉的所在，也可以是援護的壁壘，而文中相當巧妙運用此意象的雙關性。

〈苦茶油〉

廖玉蕙認為社教意味太濃，因而本來並未屬意。不過，本文並不將親情投射在單一對象，而是營造整個家庭相處的意趣，苦工細磨的工法既是苦茶油的製造手藝，也磨出沉浸溫潤的家庭氣氛。文中尤以地道且生活化的台語口吻描寫出色，極其動人，勾畫出溫暖、互相砥礪的台灣家庭一景。方梓則指出文字稍嫌斧鑿，尤其好用「亦」字，似較刻意追求文學性。蔡逸君則點出文字彷彿小津安二郎的家庭劇，描畫很平凡的家庭生活中，沒有情緒勒索、互相扶持，經營的意象也相當統一，整體而言寫得很有味道。

三票作品討論

〈不跟外婆說話〉

廖玉蕙點出本篇扣緊孫女對外婆的記憶，從幼時嫌棄外婆的老人味、不跟外婆說話，到後來發現外婆做的蒸餃、鍋貼極其美味，乃至多年後身居國外試圖揉麵糰做餃子，方知其中的不易。而多年後母親住院，才醒覺母親再也不是一名女兒，而自己永遠錯過當外孫女的機會。在追述外婆身形、老舊的家屋等細節時，富有層次感地帶出悲傷與懷念，相當不俗且感人。方梓則指出，文中坐在巷口久候孫女、以及美麗麵糰與女性身體的連結，也皆是文中細膩感人的細節。

〈五十公尺的散步〉

方梓讚許本篇，在短距離、瑣碎的母子談話中，有意識用家常的細節及趣談，描繪出深厚的母子情感。文中沒有真正的細節，卻相當成功勾勒出「母親在哪，家就在哪」的深情。鍾文音亦讚許文中精準把握了對話的描摹，且在老人照顧老人的孤寂畫面中，經營出溫情與奇異的美感，且有意識避免過多敘事，使情感不致過於氾濫，並營構出抽離外境之美，廖玉蕙也稱許文中的幽默感。

〈我和她的航行〉

方梓提及文章一開始陳設懸念，讓人揣想何以母親總是在煞車、踩油門？而乘坐輪椅暈車、母親將輪椅視為身體延伸等細節，也頗為細膩。廖玉蕙稱許文中關於運動的敘述，原來母親因為不良於行而逼迫主角運動，而厭惡運動的孩子，卻為了母親勉力而為。身體的操作規訓背後，居然隱藏了親子間的期許與貼心。鍾文音讚美文章中不但能掌握輪椅「航行」的動人細節，更難能可貴之處是將文學意象融入日常經驗，相當不易，令人動容。

〈回家〉

方梓認為，本篇勾勒身為母親照顧高齡、發展遲緩女兒的故事，描述雖然較淡，但內容本身令人動容，尤其結尾敘述女兒成為自己的拐杖，十分感人，蔡逸君亦指出文章中並未刻意渲染苦情，僅是簡單點出女兒從三十餘歲到五十餘歲的時間跨度，卻已足夠使讀者震懾。廖玉蕙則指出，文章整體描繪仍太過平淡，而鍾文音亦點出省略太多細節也是本文的硬傷。決議本篇不予保留。

經逐篇討論後，保留十三篇：〈報紙隧道〉、〈不跟外婆說話〉、〈你不說話的時候〉、〈念唸〉、〈希望誰當你媽〉、〈五十公尺的散步〉、〈瑪丹娜與熊〉、〈我和她的航行〉、〈父親的裝潢人生〉、〈大海〉、〈老宅裡的臉書〉、〈城堡〉、〈苦茶油〉。

第二輪投票

廖玉蕙請每位評審選出前四名，分別給予4至1分（第一名4分，依次遞減），分數最高三篇為前三名，其餘十名列為佳作。

投票結果：

〈五十公尺的散步〉 9分（廖3、方3、鍾3）
〈我和她的航行〉 9分（廖2、鍾4、萍3）
〈父親的裝潢人生〉 8分（廖4、君4）
〈你不說話的時候〉 6分（萍4、君2）
〈不跟外婆說話〉 4分（方4）
〈城堡〉 4分（方1、君3）
〈念唸〉 3分（方2、鍾1）
〈老宅裡的臉書〉 2分（鍾2）
〈苦茶油〉 2分（萍2）
〈報紙隧道〉 1分（廖1）
〈希望誰當你媽？〉 1分（君1）

〈瑪丹娜與熊〉　1分（萍1）

〈大海〉　0分

依據統計結果，〈五十公尺的散步〉和〈我和她的航行〉兩篇同分，須重新投票決定名次，評審每人一票，決議由〈五十公尺的散步〉（廖、方、君）為首獎，〈我和她的航行〉為二獎（鍾、萍），〈父親的裝潢人生〉為三獎。

其餘十篇〈報紙隧道〉、〈不跟外婆說話〉、〈你不說話的時候〉、〈念唸〉、〈希望誰當你媽？〉、〈瑪丹娜與熊〉、〈大海〉、〈老宅裡的臉書〉、〈城堡〉、〈苦茶油〉（按編碼序）榮獲佳作。

第一屆台灣房屋親情文學獎決審評審團作家廖玉蕙（左起）、鍾文音、方梓及蔡逸君合影。（圖／許正宏攝影）

二〇二〇第一屆台灣房屋親情文學獎徵獎辦法

宗旨：培養閱讀風氣，鼓勵愛好文學人士創作，發掘親情各種樣貌。

主辦單位：台灣房屋、聯合報

文類、字數：散文，五〇〇～八〇〇字為限。

書寫主題：親情

獎項及獎額：

首獎一名，獎金三萬元。

二獎一名，獎金二萬元。

三獎一名，獎金一萬元。

佳作十名，獎金各五千元。

以上得獎者除獎金外，另致贈獎座或獎牌。

應徵條件：

一、凡具備中華民國國籍者均可參加，唯須以中文寫作。
二、應徵作品必須未在任何一地報刊、雜誌、網站發表，已輯印成書者亦不得再參賽。

注意事項：

一、每人以參賽一篇為限。
二、作品須打字列印（A4大小），一式五份，文末請註明字數；不合規定者，不列入評選。
三、來稿請以掛號郵寄（二二一六一）新北市汐止區大同路一段三六九號四樓聯合報副刊轉「台灣房屋親情文學獎評委會」收；由私人轉交者不列入評選。
四、原稿上請勿填寫個人資料，稿末請以另紙（A4大小）打字寫明投稿篇名、真實姓名（發表可用筆名）、聯絡地址、電話號碼、E-mail 信箱、個人學經歷。
五、應徵作品、資料請自留底稿，一律不退。

評選規定：

一、初複選作業由聯合報聘請作家擔任；決選由聯合報聘請之決選委員組成評選會全權負責。
二、作品如未達水準，得由評選會決議某一獎項從缺，或變更獎項名稱及獎額。
三、所有入選作品，主辦單位擁有公開發表權以及不限方式、地區、時間之自由利用權。得獎作品將在聯合報家庭版（包括 UDN 聯合新聞網及聯合知識庫）及台灣房屋網站、聯副家庭好時光部落格。日後集結成冊發行及其他利用均不另致酬。

四、徵文揭曉後如發現抄襲、代筆或應徵條件不符者，由參賽者負法律責任，並由主辦單位追回獎金及獎座。

五、徵文辦法若有修訂，得另行公告。

收件、截止、揭曉日期及贈獎：

收件：二〇二〇年十月一日開始收件，至二〇二〇年十月三十一日止。（以郵戳為憑、逾期不受理）

揭曉：預計二〇二〇年十二月下旬得獎名單公布於聯合報家庭版。

贈獎：俟各類得獎人名單公布後，另行通知贈獎日期及地點。

詳情請上：

聯副家庭好時光部落格

http://blog.udn.com/family123

台灣房屋親情文學獎臉書粉絲團

https://www.facebook.com/familylovewrite/

或洽：

peiying.chen@udngroup.com

(02)8692-5588 轉 2235（下午）

聯副文叢

愛，是我們共同的語言：第一屆台灣房屋親情文學獎作品合集

2021年5月初版　　定價：新臺幣200元

編者	聯經編輯部
叢書編輯	黃榮慶
內文排版	烏石設計
封面設計	廖婉茹

出版者	聯經出版事業股份有限公司
地址	新北市汐止區大同路一段369號1樓
叢書編輯電話	(02)86925588轉5307
台北聯經書房	台北市新生南路三段94號
電話	(02)23620308
台中分公司	台中市北區崇德路一段198號
暨門市電話	(04)22312023
台中電子信箱	e-mail：linking2@ms42.hinet.net
郵政劃撥	帳戶第0100559-3號
郵撥電話	(02)23620308
印刷者	世和印製企業有限公司
總經銷	聯合發行股份有限公司
發行所	新北市新店區寶橋路235巷6弄6號2樓
電話	(02)29178022

副總編輯	陳逸華
總編輯	涂豐恩
總經理	陳芝宇
社長	羅國俊
發行人	林載爵

行政院新聞局出版事業登記證局版臺業字第0130號

本書如有缺頁，破損，倒裝請寄回台北聯經書房更換。　ISBN 978-957-08-5783-2 (平裝)
聯經網址：www.linkingbooks.com.tw
電子信箱：linking@udngroup.com

國家圖書館出版品預行編目資料

愛，是我們共同的語言：第一屆台灣房屋親情文學獎作品合集/聯經編輯部編．初版．新北市．聯經．2021年5月．152面．12.8×18.8公分（聯副文叢）
ISBN 978-957-08-5783-2（平裝）

863.55　　110005552